目 录

第三辑 心旅行囊

第四辑 真爱无言

魅力文丛
MEILIWENCONG

终将化蛹成蝶

郑梅玲　著

克孜勒苏柯尔克孜文出版社
新疆电子音像出版社

第五辑　一路风情

第一辑

爱情珍珠

那一个飘雪的日子，你和着雪的轻盈，带着纯洁的温情，陪我走近冬日的太阳。将我的视线，连到你心灵的港湾，牵挂的风帆越鼓越满。

那一个细雨的日子，你伴着雨的朦胧，怀着浪漫的柔情，邀我踏上春日的原野，把我的脚步，印入你记忆的海滩，想念的风筝越放越远。

那一个明月的日子，你浴着月的银光，揣着火热的深情，携我领略夏日的星空，将我的双手，叠在你伸开的掌心，相知的心路越走越近。

那一个金风的日子，你迎着风的清明，载着浓重的爱情，拥我共赏秋日的红枫，把我的思绪，引向你蓝色的诗笺，思恋的蝴蝶越舞越欢。

踏着飘雪的冬日，穿行细雨的春季，走进明月的夏日，迎来金风的秋季，我成为你的妻子。

爱如四季，生生不息。

因为有你同行

大雪纷飞的冬季，子夜的路灯下，不再有任何脚印的来去。暖着我冰冷的手，你带我走向冬的尽头。

你有力的双手，总是出乎意料的热，落在掌中的雪，冰清玉洁。和着你的呼吸，滋润春的心叶。

凛冽的雪夜，总是与你如影随形。也许，这就是所谓的爱情，因为，离开母亲的怀抱，我第一次感觉不再怕冷。

——题记

能否感到这心灵的呼唤？能否听到这深情的振颤？想你的时候，会想到风平浪静的港湾；想到和暖明丽的春天；想到片片断断一直想作又未做成的诗篇……

曾经，在枯叶飘摇的灰色荒秋里，落寞无助的自己形影相吊，去意徘徊，以笑容包扎滴血的伤口，深深期盼能早日走回到春天的鹅黄里，去慢慢染绿自己。

虽然，通往春天的路还很长很长；虽然，凉秋的背后还等待着严冬。走完它却别无选择。于是给心灵放了一个长假，好让它缓缓地、缓缓地步入春天，让它真真地、切切地感到温暖。

因怕了冬的孤寂，雪的冰冷，怕了冬的苍白，风的凛冽，便打下好沉好重的行囊，包起一度受伤的心灵，准备去走长长的，不想有尽头的心旅。

好希望，路上能遇到一个伴。

真没想到，茕茕独行的自己竟撞入了你的眸子，不经意之间与你撞了个满怀。仍是飘雪的日子，却邀你举杯赏月；仍是深深的寒冬，却不再感到苍凉；仍是曲曲折折的路，却不再感到漫长。不知不觉间你我已进入春天。

好珍惜这片暖暖融融的春光，好珍惜这抹嫩嫩黄黄的淡绿，怕自己一不小心辜负了春光，怕自己一不留神碰落了鹅黄。静心想你的时候，默默祈祷：春且留住，春且留住！

好想住在暖暖的春光里感受温暖，好想停在这片温暖里，感受春天！却又怕，背上太沉太重的行囊会牵绊你前行的脚步，这颗脆弱的心灵会给你带来伤痛。如果你受伤，湿的将是我的眼；如果你悲戚，痛的必是我的心。

不要你受伤，不要你悲戚，原来也只为了我的双眸不要盈泪，我的心灵不要灼痛。

于是，总有那么一天，因为有你同行，自己扔掉了过重过沉的行囊，除去了厚厚的包裹心灵的旅装，轻轻松松地走在你的身旁。

这样的日子，这样的路，就在我们眼前……

初稿写于一九九五年五月二十二日

你一定是最适合我的那个人

从遥远的童话中来，只为走进你的心底，陌生的世界里，我像个幼稚的孩童，睁大一双好奇的眼睛。

无意中游进你的眸子，不小心沉了下去，触到一个属于自己的爱情故事。

——题记

认识你，不是在我最快乐的时候，而你却牵挂着我淡淡的寂寞。接近你，不是在我最轻松的时候，而你却喜欢读我淡淡的忧郁。走向你，也不是在我最美丽的时候，但你却偏偏爱上了我原本的真实。

就这样，循着你的笑脸、你的坦然和你的真情，我忽然找到了一份甜蜜、一份踏实和一份幸福的感觉。从此我知道，今生今世我将永远不能也不愿摆脱这样一份惟一的属于自己的感觉。

就这样，循着这种快乐而又轻松的感觉，我们开始拥有了属于自己的太阳和月亮——一份由你我两个人共享的明亮的日子。

就这样,循着一份明亮的日子,我们开心地生活和工作着。

一年之后,儿子的到来又进一步完美和充实了我们的爱情。

当然,太阳有休息的日子,月亮也有贪玩的时候,并不是每一个清晨都阳光明媚,并不是每一个夜晚都星光灿烂。只是你能够在那些太阳休息或月亮出行的朝朝暮暮里,耐心地计算和等待着他们的行程和归期。并始终让我相信:无论天空如何变幻,太阳每天都是新的,日子每天都会绚烂,阳光是最公平的,因为她无论见到谁都会毫不吝啬地分一份。

当然,有阳光就会有阴影,只是你总会用心地让我领悟:看到的是阳光还是影子,完全在于自己的感觉和选择。

当然,我知道在茫茫人海中,你是很普通的,但在我的"小千"世界里,你却是很重要的。

同样,我知道在滚滚红尘中,你是很平凡的,但在我的心里和眼里,你却是很可爱的。

我只想用心地对你说:亲爱的,你不必是最好的,但你一定是我最爱的和最适合我的"那个人!"

初稿写于一九九九年九月二十二日

拥抱快乐

曾经寻觅的爱情,就像是两条平行线,不近也不远,却永远找不到相遇的交点。

用心描绘的爱情,好像是一个画好的圆,不大也不小,却永远看不到初识的奥妙。

朝夕祈祷的爱情,却像是一场无尽的等待,不是太早就是太晚,总是要错过相知的车站。

一度承诺的爱情,为何像一张调皮的脸,不经意间时常变换,回眸的时刻,总是与她悄然擦肩。

独上孤旅的日子,曾经以为的爱情,为何总有一种难言的伤痛,无论放在哪里,从来都不合适。

观赏了旖旎的风景,忍不住回头看你,满眼的从容淡定,是你对我从未游移的爱情。

——题记

婚后的第九个年头，时间一如既往地飞逝着，每天上下班、做家务和照顾孩子，紧张而单调的日子平静如水。不知什么原因，我的心情渐渐变得低沉而烦闷，总觉得生活中缺少点什么，一点也不快乐。在这种低落的情绪中，我解读过爱人宽容理解的眼神和儿子小心谨慎的举止，似乎看到一个远离激情和浪漫情怀的妻子和母亲正在向自己走来。

又是一个双休日，老公带上儿子出去玩，我在家整理着零乱的书柜。无意间看到几年前写的日记，随手翻阅，一幕幕往事伴随文字在眼前晃动：

"……相处一年多了，今天你终于说出那三个字，窗外虽然飘着雪花，我却感到了春天的温暖和明媚。"

"今天，我终于成为你的新娘，从未有过的幸福和甜蜜感，我在心中默默祈祷：地老天荒，真情不变！……"

"幸福的日子过得真快，两年的婚姻生活似乎在眨眼之间，今天，儿子的到来宣布我们三人世界的正式形成……"

"儿子会走路了，看着他可爱的样子，我觉得自己是世界上最快乐的母亲。"……

看着看着，我的眼睛湿润了，那是曾经熟悉而今又觉得有点陌生的自己，快乐、幸福，对生活充满爱和热情。而今，是谁把我的快乐收藏起来了？……

"妈妈，你看这花漂亮吗？送给你的。"正在我胡思乱想的时候，爱人和儿子从外面回来了，儿子边说边把一大把金黄色的蒲公英花递到我手上。“这是爸爸和我一起采的,爸爸说一朵花就是一个快乐,我们把全部的快乐都采回来了,妈妈你高兴吗?这里面还有爸爸写的一张纸呢,你看看吧。”

儿子终于说完了话。我接过那把蒲公英花,打开夹在里面的纸条:“……蒲公英花又开了,记得你曾经说过,这是一种生命力极强的药草,无论生长在哪里,都不停地将灿烂的金黄色展现给人们,即使花儿谢落,也从不忘记变成一把把小伞,把快乐洒向人间。亲爱的,愿朵朵金黄色的小花把快乐带给你!”

我紧紧地搂着儿子和爱人,心想在以后的岁月里,自己再也不愿把快乐弄丢了。

二〇〇五年五月

最漂亮的毛背心

叶落的那一日，满怀心绪的你，想要独上孤旅。我轻轻挥手，目送你脚步的远走。

翻开日历，计算归期。我将绵长的思语，用心连缀在一起，编织出一件浅蓝色的毛衣。

冷风的那一日，开始想家的你，终又如期而至。我甜甜微笑，迎接你温暖的怀抱。

展开毛衣，让你比试。我将心中的牵念，设计为一幅图案，永恒成一段玫红色的思恋。

——题记

十年，弹指一挥间，我和老公在不知不觉中已经牵手走过了整整十个春夏秋冬。往事如烟，记忆中最深刻的始终是老公那双明亮的眼睛和灿烂的笑容。

日复一日，当光阴拖着长长的影子，将种种印痕留在我们身边的每一个角角落落时，岁月也毫不吝啬地将划过的每一条纹路从掌心延伸到额头和眼角……于是在每一个相守的日子里，偶尔忍不住会用放大镜寻找老公的种种毛病和不足。当然高兴时偶尔也会以开玩笑的口吻问老公："你说说爱情到底是什么？"

"你说呢？傻妮子。"老公同样用开玩笑的方式来反问我。

忙碌的日子里，无暇顾及爱情是否坚守在服务区，闲暇之时，翻翻家里的影集，重温每一个相依的瞬间，丈量着两颗心最近和最远时的距离，同时也比较着老公的眸子是否一如往昔那般澄澈明亮，笑容是否依然幸福灿烂。

在每一个秋风携凉、黄叶飞舞的季节里，总喜欢给儿子和老公编织毛衣、毛裤、帽子或围巾等，看着他们穿上由自己设计、自己一针一线精心编织、独一无二的"作品"，在眼前晃来晃去，心中就像收藏着春日暖暖的阳光。但在所有的毛线衣物中，最最喜欢的，还是和老公在恋爱时给他编织的那件红色的毛背心，总觉得它无论是花纹图案，还是款式大小，都那样恰到好处而无可挑剔，老公曾经说应该把它叫做"爱心牌"毛背心，也应该算是其中最漂亮的一件。因为面对后来编织的每一件作品，无论左看右看都觉得难免存在欠缺和不足，就像心情烦闷时，在老公的眸子中总也找不到深情和笑意一样。

前不久，老公到外地出差，我很熟练地帮着他收拾好简单的出门行李，又嘱咐了几句，便将老公送出家门。我和儿子在家倒也自由自在，因为暂时没有人来时刻监督着我们，是否一进家门就赶快换拖鞋的事了。

两天后，没想到儿子因着凉感冒了，晚上不舒服时不停地叫着爸爸。也许在儿子的印象中，生病时夜晚来到他身边、首先将他抱起来的人一直都是爸爸。

而当我发现家里的地板已经不再洁净明亮的时候，心情怎么也无法好起来了。我一边开始拖地，一边开始进行“自我批评”，似乎一下子明白了为什么老公每天都那么喜欢拖地。而我在许多时候走在洁净的地板上，甚至连拖鞋也懒得换一换。当我在一日三餐之后还要刷锅洗碗时，心中也不由自主地开始等待老公的归期了。

终于，老公在十天后回到了家，我高兴地用最温暖的怀抱迎接他的归来。看着老公一边开心地听音乐，一边认真拖地的样子，一种熟悉而又陌生的感觉刹那间涌向了我的心头。

老公终于忙完了，我拿出刚刚编织好的毛衣让他试穿，老公穿上后开始认真地在镜子前看了又看。

“你觉得怎么样？”我忍不住问道。“还行吧，不错。”老公淡淡地说。

“比起那件“爱心牌”毛背心怎么样？”我情不自禁地问道，不知怎么回事，每当我编织完一件毛衣让老公试穿的时候，总要问同样的问题。

“当然那件是独一无二的啊。”老公看着我显得很认真的样子。

“老公，你觉得爱情到底是什么啊？”不知怎么搞的，忽然间我想转移一下注意力，便又一次问起了这个连自己都认为没有多少实际意义的问题。

“爱情是什么我说不清楚，我只觉得每天能够抽时间把地板拖得光光亮亮的，我们下班后在家休息起来才舒服;每次把锅碗瓢盆洗得干干净净的,我们的日子才过得踏实；当你和儿子都健康的时候，我的心里才能轻松愉快!”老公一边整理着身上的毛衣一边说着。

“你现在怎么一点也不浪漫？”我对老公笑了笑。

“其实你编织的每一件毛衣都各有千秋,非常好看,并且我都很喜欢,只是因为在我们的记忆中,一直有那第一件“爱心牌”毛背心在做比较。毕竟它记载着我们在最浪漫的时刻,彼此都用最欣赏的眼光看对方时的感觉,那时的你我没有挑剔,没有苛求,便只能看到美好。”老公说完也冲着我意味深长地笑了笑。在老公回眸的一刹那,一种久违的感觉涌向心头，忽然间又发现老公的眼睛还是那么明亮,那么深情。

同样在老公快乐幸福的笑容里,我解读着相伴十个春夏秋冬中所经历的每一个真实的故事，又一次翻出那一件最漂亮的毛背心,看了又看。

二〇〇六年一月三十一日晚

紧握手中的幸福

八月，常常喜欢独自一人遥望夜空的银河，在无边无际的遐想中编织淡淡的忧郁。

如诗的岁月中，似乎总有一抹淡淡的失落萦绕于心，在偶尔的日子里，是那样不知所以地侵袭和占据着心中最温柔、最脆弱的角落。

看着我眼中不经意流露出的那一抹忧郁的神情，你的眸子总会闪过一丝痛惜的、无奈的暗影，读懂彼此的时候，言语似乎已成为多余。

然而在读不懂你的日子里，脑海中忽然也会跳出这样的一句对白：

鱼对水说："在你的一生中，我是第几条鱼？"

水对鱼说："你不是在水中的第一条鱼，但却是在我心中的第一条……"

带着一丝难解的落寞，我轻轻走出家门。立秋后的夜晚，渐有凉意，独自漫步在街边的休闲广场上，任晚风将柔柔的长发轻轻吹拂。撩起掩面的长发,一阵淡淡的清香,随风飘来,感觉中是从未闻过的那种花香。

循着一阵花香,沿着人行道旁边的草坪走向花坛,才惊异地发现有一种米白色的小花,一簇簇朝气蓬勃地绽放在枝头。是那样婷婷地、不忧也不惧地在姹紫嫣红的万花丛中,展现着真实的自己。在静默中芬芳,又在芬芳中静默,却又是那样坚定地、无悔地吐露着生命无言的美丽。在这样一个夜晚,在这么一份沉静中,在无数千娇百媚的花朵里,不知为什么,我一下子便找到了它。

是否,在多彩的花蕾里,它也曾孤独过?是否,在浓郁的芳香中,她也曾失落过?如今,它却是这样静静地、默默地将一缕清香缓缓地散入空中,在轻轻悄悄之间,将我不由自主地牵引到它的身边……

“妈妈,回去吧,爸爸还在家等着我们呢。”惊异地回过头来,才发现儿子不知在什么时候已悄悄地跟在了自己的身后。和往常不同,儿子伸过手来揽住了我的腰,这时才忽然发现,他的头顶已接近了我的肩头。

“好吧,我们回家。”第一次被儿子揽着自己的腰,还是一种从未有过的亲昵。

“这儿的花真多,在晚上真香啊!”儿子说。

“是的,每一种花儿都有自己独特的馨香。它们在属于自己的土地上,娇艳地绽放。”回着儿子的话,我的心中早已盈满那淡淡的独特的芳香。

打开房门,爱人正立在门边,可能是听到我们的脚步声,正准备开门迎接。抬头看着爱人,眼中已写满了等待。

“妈妈，我自己洗一洗睡觉就行了，你也该休息了吧？”儿子边说边向卫生间走去。

走到卧室门口，发现门上贴着小半张方格纸：“妈妈，请你去和爸爸拥抱一下吧。”旁边还画着两大一小三张可爱的笑脸。显然纸是儿子从作业本上临时撕下来的，字也写得不像平日那么认真，但三张笑脸却画得十分可爱。

爱人很小心地把它取下来，看了一会后，牵着我的手，走进了卧室。坐在床边，爱人十分认真地将我的手慢慢地抚平。

“妮子，你还记得吗？是你告诉我说，在每个人的掌中，都明显地可以看到三条线：横的这条叫做爱情线，斜的这条叫事业线，竖的这条就是生命线。你曾经说过，从这三条线的分布上可以看出一个人一生的幸福，对吗？”老公的这番话，搞得我一头雾水。

“有这么一说，怎么了，你不是从来都不相信吗？”我奇怪地反问道。

“来，亲爱的，将你的手紧紧地握起来，幸福就在你的掌心中。”爱人用一只手将我的手慢慢地握起来，又慢慢地放在他的另一只手中。我又递过另一只手，将四只手紧紧地握在一起。

从来没有像现在这样清醒地意识到，自己紧紧握着的是今生今世的幸福。

别忘记回家的路

八岁那年的秋天，雨季连绵，最终引发一场可怕的洪灾，冲毁了村子里所有的房屋。几个月后，自己熟悉的小村庄就迁移到了几千米以外的地方。

灾后的家园一切全是新的，但停留在记忆中的故乡仍然是原来的旧样子。好几次放学后，我还是莫明其妙地朝着习惯的老方向走去，有时快要到了，才猛然惊觉，自己的家已搬到了另外一个新的地方。

“无论如何，下次再别忘记回家的路了，乖女儿，你一定要记住妈妈的话。”每当我走错方向又折回来的时候，面对晚归的女儿，妈妈总是很温柔地对我说。尽管点头答应，尽管十分认真地去提醒自己，但在将近半年的时间里，自己时不时仍有走错方向的时候。

意想不到的一天里，妈妈忽然离我而去了。在母亲离去的很长一段日子里，还是喜欢一进家门就叫“妈妈”，喜欢在她住过的卧室里寻找“妈妈的味道”。

无数个用回忆和思念串连起来的日子里，默默任泪水悄悄滑落。那一日，第一次，心中太多的话语，使我独自向母亲的墓地走去。

“别忘记早点回来，爸爸在家等着你。”那一日，第一次，父亲没有陪我，临走时只轻轻地对我说了这样一句话。

回家的路上，忽然觉得，心轻了许多，脚步也快了许多。如梭的日月里，自己已经长大了许多。知道了将含泪的眼睛，朝向寂静的夜空；懂得了把思念的伤痛，埋向沉郁的心中。也学会了面对生活的每一种不幸，付之最安静的笑容；独对人生的每一次失去，载入最平和的记忆。

没想到还是有“绿波依旧，红笺色淡”的结局；也不曾想依然有“立尽斜阳，无语泪流”的故事。为了忘记，我背上重重的行囊，准备给心灵放一个长长的假期。想好要独自上路，便决定去独立寒秋。

“小妹，太累的时候，一定不要忘记早点回家。”临出门前，哥哥看着我的眼睛，关切地说。

没想到独行的路上会遇到一个伴，更没想到灰暗的情绪最终被驱散。终于，忧郁的我，开始变得明快靓丽，日渐灿烂。

那一日，终于十指相扣，倾听心跳。是那么一种踏实和快乐，让我情真意切、幸福满怀地盘起长发，带着一生的爱，成为一个幸福的新娘。

于是，总会有那样一个温暖的怀抱随时为我张开，总会有那样一个宽厚的肩膀随时可以依靠。曾那样心心相知，甜甜蜜蜜；曾那样如痴如醉，温馨如昔。

日落日升，花谢花开，不经意间，任时光在悄无声息中将单纯和浪漫变幻为成熟和平淡。一颗喜欢追梦的心，依然是那样在雁去雁来、叶红叶绿之间，不愿沉寂，飘溢烂漫。

彼时彼刻的我，还是想在那些个月光如水的夜晚，静默地编织多彩的梦境；还是要在那些个放飞心灵的日子，悄然地憧憬别样的不同。

秀发飘逸的时刻里，思绪如蝶，随风翻飞。彩裙翩然的日子里，心潮起伏，波光旖旎。当红尘的万千感觉扑面而来之时，曾那样无以抵挡、缠绵悱恻地装饰着我的梦。一个故事，些许文字，还那样不知所以、猝不及防地使我心有所牵，情有所系。

走过故事，却无力走出故事中的你；删除文字，仍无法忘记拾缀文字的你。尽管知道，你我读懂的，仅仅是彼此的点点滴滴。心心相惜的，可能只是文字编织的片片心语。

无奈，追梦的日子里，总还是那样真实地以轻松和快乐点缀着彼此的生活……

“无论何时何地，即使在有梦的日子里，也千万不要忘记回家的路。”终于有一天，爱人淡淡地笑着对我说。

蓦然回首间，转过身来才惊异地发现：在爱人温暖的怀抱中，才可以甜甜地做着一个个连自己都难以诠释的梦；在爱人宽厚的肩膀上，才可以稳稳地停靠一叶飘泊已久的小舟；在爱人澄澈明亮的天空里，才可以有我自由欢快的文字像小鸟一样，漫无目的、无拘无束地展翅飞翔。

因此，有梦的日子，自己不会走得太远。梦韵永远那么奇丽，脚步永远那么踏实，回家的路从来都不曾忘记。

于是，我的心中总可以自然流淌清泉般甘甜滋润的诗句：

《你是否还是那样》

那一天因为疲惫 / 我决定离开你的视线 / 到一个很远很远的地方 / 去触摸春日暖暖的阳光。

躺在如茵如毯的草地上 / 让心灵自由自在地飞翔 / 忽悠悠灵魂飞到了天边 / 绚丽的梦幻相随相伴 / 在灯光斓姗的那一刹那 / 终又与你再次相见。

其实我们都很在意 / 只是把爱埋在了心底 / 其实你我早已明白 / 彼此藏在对方的心里 / 却又总是在阴雨的日子 / 用一种莫名其妙的形式 / 进行"猜谜游戏"——你是否还是那样 / 深深地爱着 / 迷失方向的朝朝暮暮 / 也曾经一次又一次 / 不停地问着自己。

只要曾经灿烂过

沐浴三月的阳光，天空别样清亮，春风唤醒沉静的村庄，太阳催我敞开心窗。

我将心中珍藏的种子，毫不保留地晒了出去。有的干瘪，有的伪劣。

最终只有一颗，曾经风雨的洗礼，在太阳的微笑中，等待融入清新的泥土，萌生一个充满希望的春天的故事。

——题记

虽然我很喜欢养盆花，但没有太多的时间来侍弄，因此就选择一般的观叶植物养在家里，调节和美化一下房间的小环境。任外面的世界四季变幻，自己的居室始终绿意盎然，流动着生机和活力。

美中不足的是，盈盈绿叶中少了花的喧闹，自然有点冷清。

每年春节前夕，我总要与爱人一起到花店精选一盆鲜花，毫不犹豫买回家装饰房间。记忆中曾经买回来的有浓烈的一品红，娇艳的山茶花，幽香的米兰以及淡雅的兰花……红、橙、黄、蓝的花朵袅袅绽放着，燃起我心中暖暖的爱意，靓丽成一道喜气洋洋的年景，让我提前感受到春天的气息。

素来喜欢在自己用心营造的浓浓年味里，细数花开花落，在春节的欢快氛围里，精心呵护每一片伸长的枝叶。晨起的第一件事，总是"深情款款"地凝视摆放在房间最显眼处的那盆花，似乎害怕一夜之间，花儿会在我的梦中凋谢。看着好端端婷婷玉立的花朵，自己不禁哑然失笑：从什么时候开始呢，悲花的情愫时时萦绕于怀？是因为岁月的流逝，内心更加多虑易感了吗？

花儿并没有因我的精心呵护而久开不败，终于有一天，它倾尽所有的美丽，枯萎了自己。习惯了与鲜花相伴的日子，此刻的我竟然显得有点落寞，不禁叹息着花瓣零落成泥的孤寂，也感叹青春年华的易逝。

美好的东西总是让人感觉短暂，就像盛开的鲜花一样。

"真可惜。"我总要发出类似的感慨，情感上始终无法真正做到淡然处之。

"其实你大可不必这么伤感，哪怕它只盛开一天，毕竟还是点缀过这个世界，灿烂过我们的生活，也值了。"爱人很平静地对我说。

看来我真的是多虑了，买花的时候，难道不是为了让它带来更多的鲜活和生机吗?当它无怨无悔地为我们奉献出所有的灿烂,悄然凋谢之时,又有谁能真正理解她内心的满足和快乐呢?

人生,又何尝不是这样呢?

二〇〇八年二月十六日

等待，是一种幸福

有那么一种等待，静静地憧憬，静静地畅想，像一条静静流淌的小溪，清冽甘醇。在每一个倦怠的日子里，洗去征尘，润泽心田。

有那么一种等待，淡淡的思念，淡淡的企盼，像一棵枝繁叶茂的长青树，永不凋谢。在年复一年的成长中，春日鹅黄，夏季碧绿。

有那么一种等待，没有开始，没有结束，像一条长长的没有尽头的旅途，永远跋涉。在每一个新的驿站上，几多惊喜，几多甜蜜。

有那么一种等待，恬恬淡淡，清清爽爽，像一杯精心冲泡的红茶，沁人心脾。在心灵能够触及的每一个角落里，滋润着你，温馨着我。

——题记

小时候我总是盼望着过年，穿新衣、吃饺子、放烟花爆竹等等，所有的“年味”我都喜欢，不过我心中最高兴的是，只有到了大年初一，妈妈才能暂时放下家里那些一年四季都忙不完的活，至少可以好好陪我玩上两三天，并且保证是开心愉快的。为了这新崭崭、喜洋洋、甜蜜蜜的几天，每年心中的等待从来都没有停止过。

但是在我的脑海中，关于母亲生病的记忆却是惟一而又终生难忘的。至今仍清楚地记得，在我九岁那年，从不生病的妈妈忽然就病倒了，并且很重很重。当我看到父亲极度悲伤的神情和哥哥因悄然落泪而红肿的眼睛时，无忧无虑的我第一次感觉到快乐的时光也会在不知不觉间溜跑。在哥哥陪送母亲远行住院的一个多月里，我的心中如春草般疯狂滋生出对母亲夜以继日的思念。在等待母亲平安出院的那段日子里，我觉得自己刹那间已经长大了。白天把想念深藏心中，乖乖地去上学；晚上把眼泪流在被子里，为了不让父亲看到心痛……

以后的自己似乎真的长大了不少，希望尽快学会洗衣服，学会做饭，学会缝补……等待自己长大后可以帮助父亲做家务。光阴在无数次等待中演绎着悲欢离合的故事，金色的童年倏忽间从生命中闪过，青春的岁月已默默唱响浪漫之歌。宛如童话世界中的灰姑娘，等待着一个白马王子的到来，我把秘密小心收藏在那本带锁的日记里，不为人知。多年后的午夜，当我“强迫”老公和我坐在一起，陪着观看情感泡沫剧的时候，不由得想起了属于我们的恋爱季节。

“那时候等待你答应嫁给我，等得好着急，还要装作并不在意，想想年轻时候真的挺有意思。”老公笑侃着。“其实我等你提出来娶我，也同样着急啊……”听了老公的话，我忍不住说出了只有自己知道的这个“秘密”，这句话原本是想等到金婚纪念日那天才对老公说出来的。

“后来等待你为我生孩子，更是着急。知道自己要当爸爸的那一天，我一方面高兴，一方面又开始了急切的等待，不过这一次等待却是很幸福的。”老公看着我意味深长地笑了。

“其实仔细想来，任何的等待不仅是急切的，而且也是幸福的，日子不就是由无数个等待串连而成的吗。”我感叹着，“转眼间儿子已经十岁了，我们天天等待着儿子长大成人，如果真的到了那时，我们也就不再年轻了。”

“那就等待岁月回馈给我们年老时更加成熟和智慧的礼物吧。”老公说。

岁月的礼物？我怎么没有想到呢？等待岁月回馈给我们的礼物，又会是什么呢？春华秋实，人生的季节中，我们到底播种了什么，岁月自会以年轮的形式，不动声色地刻画于我们的身心，也许这就是岁月的礼物吧。而我们始终等待的，其实是牵引自己孜孜不倦、永远前行的人生信念。

等待是一个遥远的过程，也是一种追求的幸福。

二〇〇八年四月二十五日

第二辑

岁月留痕

飘零,不是因为风。密密堆积的,是岁月编织的脉络。如你,在我记忆中走过,不知不觉。

我把逢你的那季，捧在手心，不经意凝结成一条难以割舍的掌纹,宛如叶落之痕。

伸手,是无约而至的美丽。紧握,是镌刻于心的深忆。

快乐是一种能力

记忆深处，曾经有一段执着追求快乐的日子，当一抹淡淡的忧郁萦绕我心时，无意中发现，快乐在不知不觉中渐行渐远。在刻意找寻快乐的过程中，自己几乎无法平静浮躁的心绪。

快乐，一直都是我们的向往。但快乐到底是什么呢？是一种情绪、一种选择还是一种心态？这些都是，而又不全是。

爱是快乐的源泉，当我们深爱一个人的时候，那种来自灵魂深处的快乐是任何东西都无以替代的。从某种程度上来说，爱着的人比被爱的人更快乐。

付出也是一种快乐，当我们无怨无悔地付出自己时，那种心无他求的快乐是最为轻松自在的。

还有热情，一个对生活充满热情的人永远不会感到沮丧。

我们不能保证自己时时被爱，但完全可以时时去爱，爱亲人、爱朋友、爱家庭、爱工作，或者爱自己想爱的每一个人、每一件事。

我们无法预知自己最终能否得到，但不难做到真诚地付出，为亲人、为朋友、为家庭、为工作，或者为自己想付出的每一个人、每一件事。

爱本身就是一种付出，付出本身也是为了爱，为爱而真诚付出的人，一定是一个热情洋溢、快乐无比的人。

当我试着放慢焦虑的脚步，学会用心来看待生活的时候，亲人的一声嘱咐，爱人的一句叮咛，朋友的一声问候，足以让我感受被爱的快乐；清晨的一缕阳光，林间的声声鸟鸣，空中的阵阵花香，又让我深感得到的快乐。

那一天我终于明白，快乐原来也是一种能力，一种感悟、感受和感知的能力。

感悟生活，体味冷暖，如果能够怀着一颗感恩的心面对一切，在每一次真切的体味中用心感知人生，相信所有的经历终会沉淀、凝练成内心深处的精神财富。

拥有一份属于自己的独特精神财富的快乐，有谁能比？当我们老了，头白了，夕阳下静静地坐着摇椅，放飞记忆，慢慢在心中翻阅点滴的快乐，让笑意从心底荡漾，闪耀脸上，那该是一种怎样的幸福和满足？

热爱生活，乐于付出，懂得感恩，这既是我们拥有快乐的能力，也是获得快乐的源泉和动力。

假如我的生命只剩最后一天

写下这个题目，似乎有点残酷，也有点悲观，但我的确已经想过许多次，尤其是近日感觉身体不适，睡眠质量欠佳，躺在床上就更加胡思乱想起来。

中学时曾经看过海伦·凯勒的《假如给我三天光明》，知道作者海伦·凯勒是一位很不平凡的女性。她天生就既聋又哑还盲，却奇迹般地学会了英语、法语、拉丁语等多种语言，考进美国哈佛大学，她的作品被译成多种文字。

我也曾思考过：假如我只有三天光明，我将如何使用自己的眼睛？假如三天后，太阳再也不从眼前升起，我又将如何度过现在这宝贵的三日？谁都知道自己难免一死，但总觉得这一天的到来，似乎遥遥无期。当然人在安然无恙时，都不会想到与死亡有关的事情。

那么，假如我的生命只剩最后一天，我又会怎么样呢？

我想：自己最最放心不下的，首先当属儿子。不知从何时起,妈妈不再想办法陪你一起开心做游戏,而是日复一日地催促并监督你完成越来越多的作业题。在你取得令人欣慰的成绩时,从你身边流逝的也许是无数的童趣。从内心深处来说,妈妈宁愿你永远快乐第一,并不想过分要求你的成绩。此时妈妈真的想放下手中的一切事情,好好陪你玩一天。

然后就是我的爱人。在一路牵手相伴的日子,无论风雨还是彩虹,有多少爱情如今就会产生多少亲情。同样,有多少爱情心中也难免会有多少苛求。无数次仍然喜欢问那个几千年来老得不能再老的落俗问题:你是否会永远爱我?此时我却在想,如果我的生命只剩下最后一天,我倒真的希望:你今后尽快忘了我。在心手相牵的日子里,我们用心相互拥有彼此;在需要独立坚强时,我们依然要拥抱明天灿烂的阳光。相信在没有我的日子里,一定会有比我更适合你的女子深深地爱上你。虽然我相信爱情是惟一的,但我并不会幼稚自私地认为,在今生的尘世里,我是惟一适合你的女子。

当然,我心中牵挂的东西还有太多太多:亲人、朋友、以及身边与我有关的每一个人,此刻都会变成我最美丽的回忆……

写到这儿,心中忽然想起这样一个故事:从前一位信徒去访问圣徒约翰·卫斯理。他问道:"假如你知道明天自己就会去世,今天你将如何度过?"约翰·卫斯理摸摸他的胡子慢慢地说:"我首先要作晨祷,然后去某地讲道,这是很早就约好的……晚上去马丁家作客,他说他会等着我,彼此聊天。然后回家休息，此前我将泡一壶茶，去看看庭院的门关好了没有……”

“请等一等。”那信徒打岔说：“这不都是您平常的生活方式吗？”“为什么这一天要与别的不一样呢？”

“那可是您人生的最后一天呀！”

“对我来说，每一天都有可能是最后一天。”

是啊，既然每一天都有可能成为生命的最后一天，那么自己为什么总是不知道去珍惜呢。如果我们能够把活着的每一天都看作生命的最后一天，生活又会怎么样呢？

“三分长相”与“七分打扮”

记得有人曾经这样说过:世界上没有丑女人,只有因为不会打扮而显示不出来美丽的女人。

真正理解这句话的内涵,是在三十岁以后。“三十岁前靠父母,三十岁后靠自己”,说的也应该是女性在三十岁以后的打扮。

天生丽质自然是每个女性的追求,不过这并不是能由每个女性自己决定的事。但相信每一个女性朋友至少是可以超过“三分长相”的,那么,另外“七分”的打扮完全可以由我们自己来决定,最终会让我们变得靓丽起来。

相信每个女性都不会拒绝漂亮的服饰,有人曾经为女人做过总结,说“女人总是生活在缺少一件衣服中”,这也许就是对女人喜欢购买漂亮服饰的最好“定论”吧。有时正因为服饰太多了,所以反而觉得难以挑选出其中最佳的一件,出门之前难免要翻箱倒柜地犹豫半天而难以决断。不过我一向认为能够最大限度地展现自己的身材优势,并能够较好地掩盖自身不足的服饰就是自己最佳的选择。无论你喜欢长裙飘飘的柔美轻盈，职业套装的典雅端庄，还是休闲服饰的随意自在，只要能穿出最好的自己，那么你的这身服饰就是恰到好处的最佳打扮。

新时代的女性大多数也应该是喜欢化妆品的，面对琳琅满目、林林总总的化妆品，我们有时真的会感到眼花缭乱、不知所措。好像有人说过："针对同一类型的化妆品来说，价格一百元的和一千元的两种品牌在本质上并没有太大的区别。"我不知道应该从哪个角度来评论这句话，不过我认为，从适合自己的角度来说，也许是有一点道理的。在每一个太阳升起的日子里，无论我们是淡装还是浓抹，总是要面对镜子，装扮出最满意的自己，那么，选择一种适合自己肤质的化妆品，一定会为每一位女性朋友增色不少。工作岗位上精神饱满、热情自信的你，社交场所里神采飞扬、精明强干的你，家庭生活中柔情似水、温暖如春的你，全都可以借助化妆品的"神奇魔法"，让同一个你充分展现不同的魅力。让我们的同事、朋友和亲人时刻感受到我们五彩缤纷的生活和绚丽多彩的人生。

"腹有诗书气自华"，相信每一位喜欢书香的女性朋友自然会流露出聪慧高雅的气质，举手投足与谈笑之间自然会给走近的每一个人带来一份优美别致的韵味。的确，无论何时，善于用知识来打扮自己的女性本身就是一种智慧，试想一个秀外慧中的女性该有多么迷人！

另外，善良是女性最大的美德，因为善良，人间充满更多的温馨和芬芳；因为善良，世界弥漫更多的和平和吉祥;因为善良,我们的周身才会散发出耀眼的光芒!

还有爱心,爱是人生最动听的乐章,生活因为有爱而精彩,事业因为有爱而蓬勃,家庭因为有爱而幸福,社会因为有爱而和谐。

还有温柔,当女性朋友用温柔筑起一道“长城”的时候,任凭外面的世界狂风暴雨,在属于我们的港湾里,一定还会是风平浪静,甜蜜如昔。

还有自美,一个自美的女性,一定会比较客观地分析评价和正确对待自己。懂得“不经历风雨,怎能见彩虹”,懂得以一颗感恩的心来面对生活,懂得快乐不需要任何的理由,也懂得每一个女性都是一朵最美丽的花,哪怕很平凡很普通, 但总是那样的与众不同。因为自美而更加自强,更加自尊,更加自立也更加自爱!

就这样,哪怕只有“三分长相”的女性,也会因为“身着合体的服饰、面部适宜的化妆、腹中浓郁的书香、内心纯朴的善良、胸怀宽广的爱心、周身弥漫的温柔和内外兼备的自美”这“七分打扮”而成为“十全十美”的靓丽女性!

其实我们都拥有许多美好的东西

好不容易在四月里盼来了桃红柳绿的春日气息，不曾想一场春雨过后，又迎来了更为疯狂的沙尘暴，于是寒流随之而来。半个多月来不轻不重的咳嗽症状也始终在伴随着自己，每天吃药的事好像也变得和吃饭一样，成为必不可少的一道程序。但我真没想到今天早晨一起床，意外地发现嗓子彻底哑了，再也发不出任何的声音来。不能再大声催促儿子快快起床和按时吃饭，也无法和老公进行太多的言语交谈，默默无语吃过早饭，对着老公挥一挥手，就来到单位上班，见到同事也不便再用言语来打招呼。

“你怎么搞的，嗓子哑成这样，快去看医生吧？”在同事的询问下，自己也觉得真的变成了一位病人。办公室的电话铃响了，恰巧是找我的，无奈只能让同事代言。自己的手机响了，是朋友打来的，着急之下只能用嘶哑的声音勉强应答。我听着朋友在对面听不清楚而着急的样子，只能将手机匆匆挂断，迅速发去一条短信说明原因。

“真不巧，我们有一些日子没联系了，有点牵挂，本来我今天很想听到你的声音。”朋友也很快给我回了一条信息。读着朋友发过来的短信，忽然觉得自己一下子变得那么无可奈何而又无能为力。怎么在平时谈笑风生的日子里，从来也没有意识到拥有时的幸福和满足呢。

细细想来，在每一个平常的日子里，其实我们都拥有太多美好的东西。

首先是健康，健康的身心是每个人一生中最大的财富，是一切的基础。它就像无数个“0”前面的那个“1”字，如果我们失去了健康，其它的一切也都显得毫无生趣和意义。因为健康，看天总是很蓝，看树总是很绿；因为健康，友情总是很暖，爱情总是很甜；因为健康，心中快乐无限，脸上笑容灿烂。

其次是自由，当我们拥有自由的时候，也许并没有感觉到它存在的意义和价值。在每一个晨曦笑迎日出的时候，在每一个黄昏观赏晚霞的时候，我们可能并不觉得拥有一片自由天空和宽广大地的美好。

再就是时间，在这个世界上，只有时间对每个人是最公平的。任何风花雪月，任何爱恨情仇，最终都会在时间的分解和考验下，显示出最本质的色彩。无论昨天今天还是明天，终将成为历史长河中的一朵浪花，翻卷而去。无论是你是我还是他,都要接受时间老人最初的眷恋和最终的评判。

还有快乐,其实快乐不需要任何的理由,只要你想,就能做到。快乐从来不停留在昨天,也不预约明天,快乐其实永远就在今天,关键在于你是否真的想拥有它。无论成功还是失败,无论富有还是贫困,无论得到还是失去,只要太阳每天升起,我们每天就可以选择快乐。

还有亲情,与生俱来的亲情原本是一种血缘关系。也许它给予我们的感觉总是一种自然、一种平淡或一种习惯。因为有着太多的熟悉,往往会被我们忽视;因为有着太多的担待,难免会有一些伤害;又因为有着太多的在乎,我们常常会有心痛的感觉。

还有友谊,"人生难得一知己",个别朋友可能会成为我们终生的知己,这是每个人都想追求的目标。但大多的时候,朋友可能只是共走一段路程,尽管我们都在努力,最终可能还会有挥手告别、各自上路的那一天。尽管如此,我们也不需要对朋友有太多的苛求,无需要对友情有太多的挑剔。相处的时候,只要有理解,只要有真诚,只要有善待,只要有关爱,这已足够。毕竟在我们一路同行的日子里,友谊曾经像晶莹的露珠,默默地滋润着我们的心田。当然还有家庭、工作,还有阳光、空气,还有万紫千红的鲜花,还有婉转悦耳的鸟鸣……是那样在不知不觉中,时时刻刻伴随着我们的生活。

其实我们都拥有太多美好的东西,只是我们从不经意，就像手中随意抓着的一把沙粒，任由它顺着指缝慢慢地滑落下去……其实我们都拥有太多令人羡慕的东西，只是在平常的日子里，我们从未想过要好好地去珍惜。

寻找自己

几年前我看过这样一个故事:编辑部有一位美编,人物肖像画得特别好,几乎给每个同事都画过,人人都说他画得挺像。可让同事奇怪的是,他却从未给自己画过一张肖像。问其中的原因,他说自己画不好……

读过这篇文章后,我的心中感触很多。

记得在我儿子快满一周岁时,空闲之余我总喜欢带上他在外面看周围的花草树木,并教他学走路,不经意中还给儿子拍摄过许多照片。有一天一位朋友来家里玩,我和爱人带着孩子与朋友一起在花园里散步,爱人还为我们拍了一张照片:调皮的儿子一手拿着玩具,另一只手拽着朋友的衣服,笑嘻嘻地想往前走。

当照片送到朋友手中的时候,她说:"虽然你儿子拽着我的衣服,但一看照片就知道你是一位幸福的母亲。"我问她:"为什么?"她又说:"你的心里有,眼里才有。那是一个幸福和快乐的母亲才会拥有的神情, 难道你自己不觉得吗？”的确，当时自己真没觉得，因为那时候从早到晚，自己最明显、最直接的感觉就是辛苦和繁忙，而不是幸福……

有段日子，有些往事总是在我心中挥之不去，而现实生活的真实和具体，有时无法给予我们一个释放心情的宽松空间。就在那段日子里我走进了虚拟的网络世界，小心翼翼地“对付”着走近自己的每一个“网名”。

有一天一位网友对我说：“网络世界也并不像你认为的那样不可捉摸，完全没有必要这么紧张不安，你想说什么就对我说出来吧。”我问他：“为什么我喜欢‘回忆’，为什么我总难‘忘记’。”他说：“也许你根本就不是在‘回忆’，也未必是不曾‘忘记’，只是现实生活中的一些人或一些事让你有了一些感触，堆积于心时，相应的情绪也就随之而来。”他又说：“其实只要你调整好自己的心态，一切烦恼和忧伤终会离你远去。”

偶尔我会写下轻愁如丝、寂寥如雾的文字，有时我也喜欢堆砌缥缈如烟、婉约低沉的诗句。然而每每看到指尖下飞舞的文字，被自己编织成行行可读的诗句时，心头浓重的感觉早已随着指下键盘的轻轻敲击声淡然而去。

“也许你的文字是忧郁的，但你的内心却是明快的。”有一天，一位陌生而熟悉的朋友对我这样说。

他的话是对的。素以为埋藏在内心隐蔽处或深或浅的伤痕，会一直萦绕于怀，没想到忽然的一天，也会被岁月稀释得淡而又淡，最终不值一提。在这个世界上，我们最不了解的人，还是我们自己。

也许多年之后，当我慢慢翻阅自己留下的这些文字时，心中的感觉已经完全不同。而此时此刻，在你用心“读我”的时候，我却正在努力地寻找自己。

自己心里的感觉最重要

每个人内心的真实感觉只有自己知道,因此自己心里的感觉也是最重要的。

我们常常感觉活得挺累的,那是因为心中的负荷太重。其实任何体力上的劳累,都比不上内心的沉重。

人们展现出来的,不一定都是真实的,大多的时候,那只是自己想要表现给别人看的一面。

太多的时候,人们不真实的一面,并不是因为虚伪,也没有任何刻意的修饰。也许只是为了能够保护自己,仅仅是因为自己所处的环境需要以这样的状态出现。

当然,任何时候也无法否认,有的人外表总是和内心不太一致,没有原因,也没有理由,主要是一种习惯,习惯于身上常穿一种外壳,习惯于将自己真实的内心加以遮掩。

但一个人无论在别人看来多么春风得意,真实的心情也只有自己知道。不管是在仕途上平步青云,还是在商场上如鱼得水，或者是在事业上功成名就，别人的看法永远都是别人的，自己的感受才是惟一真实的。

一个人在低调做人时未必不快乐，当情绪高昂时内心也不一定真的高兴。花钱如流水的人可能觉得自己穷得只剩下钱了，而每天都要为生计奔波的人也许会认为自己除了没钱什么都有。

从古至今，大千世界，纷繁芜杂。贫富贵贱，功名利禄，恩怨情仇……带给每个人的感受实在是不尽相同的，幸福也好，痛苦也罢，终归是自己的感觉。

草木一秋，人生一世，自己心里的感觉毕竟是最重要的。

换个角度看问题

清明过后,轻风暖阳的天气分外宜人。走出家门,远望空中飘舞的几只色彩缤纷的风筝,近看仿佛在一夜之间变绿的柳枝，心中真真切切感觉到，西域的春天终于来了。只是在繁忙之中,自己竟然忘记了像往年那样追逐春姑娘的脚步。

这个春天,是从繁忙中开始的,又恰遇儿子的原任班主任调离,儿子浮躁不安的心情难以平静,他变得不像原来那么听话,不像原来那样对学习兴趣浓厚。尤其是最近一周他喜欢放学后到小朋友家去客串,星期天应邀去拜访同学或者请同学到家里来做客，写一会儿作业就出去玩，心中开始以玩为主。最令我担心费神的是,昔日懂事可爱的儿子近日竟然出现了对我的“反叛”情绪,我的轻言细语不再引起他的重视,“怒火万丈”又会引发他的“强烈对抗”,结果适得其反。有时我真想好好打他一顿,但始终下不了这个决心,因为自己从来没有打过孩子。这样的状况持续一个多星期后,我觉得身心疲惫极了。

前两天接到新来班主任的电话,主要也是反映孩子上课注意力不集中的问题,我听后心中更是多了一层忧虑。十年来第一次为孩子的教育问题而失眠，忽然间就对自己失去了信心。星期天思前想后,开始给从事小学教育的朋友们打电话,寻求适当的解决方法。

没想到我的朋友们反应却很平淡,认为我有点过分焦虑。其中一个朋友耐心听我唠叨完毕以后,又一次对我讲起了一个很熟悉的故事:有位老妇人有两个女儿,大女儿靠卖雨鞋为生，小女儿靠卖遮阳伞为生，生活都相当不错,可是老妇人却整天愁眉苦脸,忧心忡忡。每逢遇上雨天，她总是担心小女儿的遮阳伞卖不出去；每逢遇到晴天,她又开始担心大女儿的雨鞋没有生意。她就这样天天为女儿们担心,没有一天快乐的日子。有一天,一位朋友得知这种情况后，就告诉老妇人说:“夫人，您的福气真好！下雨天,您大女儿的生意兴隆;大晴天,你小女儿家顾客盈门,每一天都是好消息呀！”从此老妇人终日都眉开眼笑,心情愉快。

朋友说,孩子在成长过程中,因环境变化暂时出现一些反常现象是没有必要大惊小怪的，家长首先应该调整焦虑不安的心态，正确对待并耐心引导和陪伴孩子走过这段情绪低落期。朋友告诉我,也许这是孩子在进行自我调整的一种表现形式，对于独生子女来说，如果孤独自闭,不主动结交小朋友,喜欢坐在电脑旁沉迷于虚幻的网络游戏等,这些倾向更令人担忧。另外,如果孩子一直都在和风细雨、一成不变的环境中成长，那并不一定是件好事。

朋友还提醒我说，玩是孩子们的权力，春天到大自然中多玩玩，原本是好事，只是现在孩子们的学习任务相对较重，玩的时间肯定是要受到限止的。

听了朋友们的话，我的心情轻松许多，也许近日太多琐碎的事情搅乱了我平和的心态，使我看问题的角度出现了偏差，就像故事中那个老妇人一样，只看到事情不尽人意的一面。

如此看来，我真的应该从另一个角度重新看待儿子近期的一些反常表现，换个角度看问题，一切都会好起来的。相信明天，我的心情将会恢复平静，我一向可爱的儿子也将顺利度过他情绪的低潮期。

二〇〇八年四月六日

天空中没有鸟的痕迹

在网络中“码文字”已经有段日子，每每从自己指尖流淌出来的总是细细琐琐、点点滴滴的片刻心绪。

深知自己喜欢写日记的习惯由来已久，书柜中大大小小、各式各样的日记本早已发黄，上面尘封的往事已经沉淀成岁月的痕迹。或喜或忧，是乐是愁，相对于人生的长河，宛如一朵浪花匆匆闪过，只在偶尔的日子将心浪涌起。能够镌刻于心的，常常是久远记忆中令人感悟的某个瞬息。

很喜欢在夜深人静的时刻有书香相伴，循着字里行间的缕缕情怀渐入佳境，似春风杨柳、明月袅袅，如花香鸟语、溪流淙淙，行行文字无数次滋润和芬芳着我心绪。

欣赏文字的时候，偶尔也会想象作者彼时的心情，猜测着与此相关的林林总总和片片断断。但无论在网上敲打出什么样的心情文字，我从来都喜欢随心随意，顺其自然，一向并不擅长进行文字的修饰。素以为自己的文学造诣一直不高，从未对自己写过的文字有太多的要求和奢望，也没有想过能够在几个人心中留下痕迹或印象。

如果不是一个偶然的机会，我根本不会想到，自己的文字会在某时某刻与别人的心情连在一起。

“我从网上看到你的一篇文章，然后又找到你的文集，里面有几篇文章让我很有感触，于是就加了你的 QQ 号，很想和你聊聊。”那天，一位陌生的网友加我为好友。因为当时比较忙，我并没有太多的在意，他就给我留下了这样一句话。

“谢谢你的鼓励，我写文章一向比较随意，能够给你留下点印象，真的很欣慰。”我上线后发现他还在，就回话给他。

“我一直喜欢读像你这样的文章，而并不喜欢看太长的小说和故事。在我极度郁闷的时候，是你的一篇文章让我仿佛看见了大海……”

“谢谢你的鼓励，看来你可能遇到情感上的问题了，希望你能够尽快解脱出来，开心生活每一天。”就这样，我和他聊了起来。

“是啊！事情的发生是因为感情问题，我这个人从来不想可以强求爱情，我喜欢一切随缘……正在我努力拥有属于自己的一个小经营店，也最需要一个人来帮助我的时候，她出现了。虽然我们以前并不怎么认识，但却是初中校友，而且还同年同月同日生……”他毫不设防地跟我聊了起来。

“可是我发现自己是在错误的时间里，遇上了对的人……”他接着说，“我十九岁时独自一人在外面拼搏了两年，到现在终于拥有了自己的连锁店，虽然才刚刚起步，但前景一片大好……她的出现，让我感觉到我的春天终于到来了。”

“这样不是很好吗？”我插话问他。

“她是我的店员，工作很认真，对我帮助很大。我很喜欢她，但她已经有了男朋友，而且很爱他，我觉得自己只能以‘第三者’的形象出现，刚开始大家都很和谐，天天也很开心，她的工作能力也超出我的想象。可是时间久了，我总是想要求更多……这样矛盾就出现了。对我来说，事业和感情同样重要，而现在我只能二者选一。在事业上我需要这样一个人来帮助我，但是我们天天在一起却很尴尬。她刚从大学毕业，思想比较单纯，我觉得我和她之间不可能有什么结果，但我又不想放弃她，我很矛盾也很烦恼……就在这个时候，我看到了姐姐您写的一篇文章，我真的感觉一切都豁然开朗……” 他继续说着，此时我只能当他的听众。

真没想到自己偶尔的心情文字，竟然可以让一位二十来岁的小弟弟产生点滴的感悟和启示。网络世界中，虽然时不时会有素不相识的网友给自己留言。但真正能够静下心来，认真去读一篇文章，在有所受益后又找到作者本人，并且诉说自己的故事，这样的读者并不多见。

“天空中没有鸟的痕迹，但我已飞过。”曾经的我并不太理解这句话真正的内涵，因为有太多的解释都可以说得过去。

虚拟而又真实的网络世界中,我们每天都在“飞”,但我们飞翔的意义和目的,并不仅仅是为了留下痕迹。在飞翔中尽情享受自由和快乐的天空，原本是一种欢畅和美丽。

也许我们真的就像小鸟一样，在属于自我的天空中，并没有留下多少痕迹,但毕竟我们曾经“飞过”。

其实并非没有留下任何痕迹,只是我们已经懂得:将飞过的痕迹隐藏在心里。

停下，是为了更好地前行

即将“奔四”的近几年，我的心中忽然感觉莫明的焦虑和不安，种种紧迫感纷拥而至。在前行的路上，自己再也不敢产生丝毫的松懈，潜意识中似乎总是担心前方明亮的灯火会在某一刻熄灭。于是就不停地行走，想要去追寻曾经的一个又一个梦境。

终于在一个身心倦怠的日子，我疲惫到了极限。当我顿感身体不适而懒散地躺在床上的时候，忽然想到了这样一个故事：

有两个人相约到山中游玩，其中一人只望见山头，就飞快地沿着山路跑向山顶；另一个人却不急着登上山去，而是一路走走停停，见到山中极好的景致便玩赏一番，或拍摄几张照片，或采摘一些树叶，后来才在山顶上与第一个人见了面。先登上山顶的那个人说：“你不值得为几片树叶和几只果子白白浪费掉自己的时间。”第二个人却说：“这次山中旅行的意义，也许就在于这几片树叶和几只果子。”

的确,当快节奏的生活方式变成人生之旅的全部内容时,我们就会遗忘另一种得到快乐和满足的轻松生活方法,正如只为了登上山顶而进行的山中旅行,结果忽略的是沿途所有美丽的风景。

去年我的一位老师在进行体检时忽然发现得了重病,住院两个多月花掉了家中所有的积蓄,并且还负债累累。出院后我和几位同学再次去看他的时候,他的心情反而是相对轻松的。想起他平时“工作狂”的样子,我们更喜欢他此时轻松愉快的感觉。当我们询问老师平时是否有不适的感觉时,他深有感触地告诉我们这样一个寓言故事:

“一位先生因为心肌梗塞而死去,他向上帝大发牢骚说:‘上帝啊!你叫我回来,我一点也不埋怨你。但是你为什么在召唤我回来之前,不事先通知我一声呢?叫我作好心理准备,对家人也好有个交待,你这样做让我完全措手不及。’

上帝温柔地回答说:‘我曾写了三封信给你,提醒你预备好回天国的。’

此先生惊讶地说:‘没有啊,我怎么没有收到这些信呢?’

上帝说:‘第一封信我是让你腰酸背痛;第二封信则是让你的头发开始斑白;第三封信是让你的牙齿逐渐脱落。这些都是提醒你快回天国的信号啊,你怎么能说没有收到这些信呢?’”

最后,老师又意味深长地对我们说:“其实我也曾经收到过与此相类似的'信'了，只是自己从来没有当回事而已。如今这种情况，我也不得不暂时停下来了。"

我想：正如用斧子砍树一样，如果斧子钝了，先要把斧子磨光；锻炼长跑时，如果跑得没有力气了，就必须放慢速度稍微休息一会儿，然后再奋力向前。此时停下来休整后，再加速前行，其效率将远远超过拼命的坚持。

偶尔停下来，是为了积蓄更多的能量。就像长途跋涉时，偶尔停下来倒去鞋中的沙砾；风雨兼程中，偶尔停下来聆听鸟儿的欢唱。这样，我们的身体会得到及时的休整，心境会变得宁静而悠远。

因此，当我们总是不停地告诫自己努力一点，再努力一点的时候，往往就忽略了在奋斗历程中的停歇，以及在繁忙劳碌时的休整。同样，当我们被裹挟在物欲的洪流中滚滚向前推进的时候，又是否想过：给自己日益紧张焦虑的身心寻一处休憩调养的场所和空间呢？

当我们还拥有生命和健康时，一定要好好珍惜，且记不要超负荷进行身心的透支。偶尔停下来，是为了更好地前行。

二〇〇八年七月二十九日

做个“傻”女人又何妨

休闲的日子，与爱人一起边做家务边闲聊。那日爱人问我：“你认为婚姻到底是什么？”我说：“这个话题太宽泛，一言难尽。”爱人说：“你看婚姻这两个字，不就是女人因为发昏而导致的结果吗。”

原来婚姻竟然如此简单，纯粹是望文生义，我觉得有点搞笑。如果这世上的女人都不发昏，难道所有的男人只能“望女兴叹”？心想这女人发昏的时候，可能也就是“犯傻”的时候吧。想想有那么多绝顶聪明的女人与男人连连“作战”，却场场以失败告终，难道全是这“聪明”惹的祸？再想想有许多“傻”女人，天天乐哈哈，小日子却过得甜蜜蜜、美滋滋的。

俗话说，“傻人有傻福”。大多数“傻”女人在对待自己的婚姻时，都知道在结婚前应该睁大两只眼睛，而在结婚后绝对应该睁一只眼闭一只眼，睁着的那只眼只看老公身上的优点，闭着的那只眼放过那些小毛小病忽略不计。

她们知道“金无足赤，人无完人”的至理名言，所以结婚后决不会对老公求全责备，相反还时不时夸一夸面前这个优点突出、缺点不少的人生伴侣。在难得糊涂中，赢得简单而真实的爱情。

她们知道在男人的心目中“孩子总是自己的好，老婆总是别人的好”，因此从来不会为老公多看漂亮女人一眼而醋意大发，她们没有聪明女人的敏感多疑，大多时候表现得有点麻痹大意。她们在打扮自己的同时，更明白随着岁月的流逝，终有一天，美丽的容颜会渐渐褪色，内心深处涌动出来的质朴、善良、宽容和温柔会形成魅力无限的风景线，靓丽自己的一生，因此她们有时给人的感觉是素面朝天，与流行和时尚相差甚远。

她们深知婆婆是爱人生命中另一个最重要的女人，所以不会自作聪明地提出类似“如果我和你妈一起落水，你会先救谁”的问题，来考验老公。在婆婆面前，她们有时竟然傻乎乎装聋作哑，全然没有听到婆婆重复琐碎的唠叨，更不会去猜测婆婆对老公说了什么悄悄话。

她们爱过恨过哭过笑过，思念过牵挂过，成功过失败过，付出过得到过，幻想过浪漫过，面对纷繁芜杂的世界，回头看看平平淡淡的自己，依然会傻傻地想：孩子身上延伸着我的希望，爱人心中装载着我的情感。

于是，“傻”女人始终坚守着自己心中的底线，一般不与老公“开战”，过着一份轻松自在的日子。大多时候，人们可以看到她们在偷偷地傻笑。

既然这么开心，做个“傻”女人又何妨。

第三辑

心旅行囊

那是一个红叶如蝶的秋，寂寥的我，不经意与你一起走。穿越来来往往的人流，看见你闪烁的眸。

我把随身携带的行囊，交给你收藏，尽管你知道，里面装满我曾经的忧伤。

春暖的日子，心海旖旎。我站在彼岸，丈量着季节的距离，在繁花的路上，静静等你。

飞絮的柳，依依传递你淡淡的愁。落花看尽，微雨黄昏后。曾经的眸，怅惘染透。

打开淋湿的行装，第一次沐浴阳光。如烟的往事，轻轻飘去，心旅的行囊，从此，交付岁月收藏。

芳草何处，无意回眸。同行的路，不管能有多久。

心旅的行囊

那时我们正值青春年少，很偶然的相遇，在彼此单纯得还不知道什么叫“设防”的时候，都已经微笑着敞开了自己的心门。

你问我，是否喜欢默默地翻阅诗歌，是否喜欢静静地畅想诗中的浪漫，是否喜欢在轻风细雨的日子里聆听大自然的呢喃……

我告诉你，我喜欢春天绵绵软软的细雨，喜欢夏日深深浅浅的绿意，更喜欢在那些个暖风醉人的日子里，放飞心灵的风筝。

一

不知你是否记得，那时的你心中载着太多金色的梦想，眼中充满着万般诗意的生活，笔端流淌如诗如歌的旋律，你总是喜欢给我看你那些刚刚写成的青涩诗句。

也不知为什么，那时我捧着你的信，总能读懂丝丝缕缕的牵念，你片片段段的诗句曾无数次串连起我琐琐碎碎的快乐。记忆中的你从来不曾烦恼，越过万水千山，信封里总是装满天真少男无私无求的温情。

那时的我，时不时喜欢向你诉说一个烂漫少女成长路上的矛盾和伤痛，不觉间将心旅的行囊无数次邮寄给远方的你。因为我知道，再沉重的行囊一经信笺邮出，总有你在远方为我守候珍藏，见到你时，包裹中那抹挥之不去的忧伤，已经随风飞扬。

只是，我从未想过，你可曾有过青春的迷茫？每每阅读的，总是你轻轻松松清清爽爽的心情和感觉。而你，已经习惯了我所有滴滴点点的忧伤和困惑。

字字句句的问候萦绕于怀，岁岁年年的祝福珍藏心底，蓦然回首之际，才惊异地发现，成长的年轮里相随相伴的一直都是你。

二

从没有想到多年后的今天，在这样一个风起的日子里，伴随着阵阵的清凉和舒适，我又一次想起了远方的你。恬恬淡淡的回忆中，你依然那样静静地伫足在我心灵的一隅，似乎在我随时都可以触摸到的地方偶尔将我守望。

更没有想到在我又一次翻开那本尘封的发黄的日记时，你恰恰也正在搜索记忆中曾经写给我的那些诗句。虽然你的诗句如今已不再青涩，我依然可以读懂你诗歌中历经的岁月。

循着你的字字句句，我知道记忆中的那些往事已沉淀成生活的印记，镌刻在成长的道路上，那里虽没有杨柳岸边晓风残月的朦胧，也没有古藤老树小桥流水的意境，却有着可以用时光来记载的纯真和凝重。

如今的我，更喜欢有意无意的在诗中找寻曾经的你。

三

当我阳光灿烂的再一次走到你面前时，你没有惊讶更没有犹豫，对我的淡淡挂牵依然温暖如昔，历经风雨后的你依然快乐如昔。

好想问一下，我曾经邮寄给你的那些心旅的行囊，你是否依然珍藏？我曾经洒落的那抹忧伤，你是否还会忆起？

好想对你说，前方的心旅中再不会背负一点一滴的感伤行囊，如今的我已储存了太多的快乐和希望等你来支取和分享。

谁能伤你，你又伤谁

走过天，走过地，无法走过情感的笆篱。前世的我，是否欠你太多信口开河的承诺。

今生相遇，注定我永远都要无怨无悔地还你。以忧郁的文字，以凄切的泪滴。

——题记

在这个世界上，能够伤害你的，永远是你最在乎的那个人。

秋风瑟瑟的日子，已经“闭关疗伤”多日的你，幽幽地对我这样叹息。闭关疗伤？我觉得只有敏感浪漫的你，才能想出这种拒绝网友闲聊打扰的独特理由。

其实，你想错了，如今的我真的已经伤痕累累，浪漫不起……你的感叹，让我无语怆然。

印象中的你，是从来不会轻意打开自己心门的那个女子。无论身处纷繁芜杂的现实生活，还是眼观瞬息万变的网络世界，你始终认为：打开的心门，最终无力抵挡外界的任何狂风暴雨。

你从来都不是一个情无寄处的女子，更不相信在虚拟的网络世界中会发生任何风花雪月的奇迹。在你心中，自己从来都是网络世界的一个过客。你紧紧持守的心园中早已有了现实的归人。

种种诱惑，在岁月中行云流水般飘过；无数浪漫，在一次次笑谈中花开花谢般凋落。淡然的你，始终守候着自己的心园，保持馨香一片。任过往行人，闻香止步，回头张望。而你却从不经意，只在季节的轮回中，静听自己园中娇艳绽放的花声。

是谁，曾在你的心门外无怨无悔地伫留等待？是谁，总用你最不设防的言语，诱惑你走出门外？又是谁，喜欢把诗词歌赋敲入你的屏端，嵌进你的心田？不曾想承诺太快，忘却更快。

当你走出心园的时候，外面的世界并没有想象中的烂漫。只是，你已走出，打开心门的瞬间，已有人进入。

红尘中，情缘难定，网事更如梦。转身欲回的刹那，曾经的那个杨柳岸边，如今惟有你凄然的回盼。如水的柔情，最终化泪，在腮边默然滴落成一眼忧伤的心泉。

最在乎之人，伤你最深。纵然伤到骨子深处，最终依然难下决心舍不得去恨。宛如你，在紧闭心门的日子里，同样不知伤了谁。

明知情路苦，任繁华过尽，依旧挡不住。是谁，痴心不改？又是谁，痴情如故？曲终人尽时，何处再凝眸？从此，你只想把所有的伤痛，化作永恒的回忆，关起沉重的心门，不再等待。

回望，那个被你伤过无数次的过客，最终随梦远去……

二〇〇八年七月二十二日

终将化蛹成蝶

“你不害怕有一天我会爱上你吗？”“不怕。”

一个平常得再也不能平常的日子，当一串串柔情似水的文字飞快地滑过我的指尖，闪烁在你的面前时，交换过来的同样是可以触摸的温馨和甜蜜。

这句在我心中绕了无数个圈子仍然回到原地、一直占据着我的梦境、曾被无数自作多情的人们早已问滥的话，我最终也没能禅变出新的花样，原汁原味地向你扔了过去。

没有任何犹豫，你快速回给我那两个字，干脆利落得看不出一丝一毫的犹豫。

一

记不清有多久了，只记得那是一个轻松休闲的星期日，午后的阳光懒懒地透过窗子洒在我的身上，安宁的日子一直平静如水,波澜不惊。惟一不同的是,那一天我用一个最新的QQ号漫无目的在网络游荡时,无意中竟与你撞了个满怀。

看着我QQ号上孤单的那一颗星星,听着我说的一句又一句一本正经的书面语,你发过来的是一个接一个“笑”的表情。

“上网多久了?”你终于向我提问了。“没多久,刚学会的。”回答后我自己也笑了,自嘲的、无所谓而又不在意地笑着。

的确,在不多的上网时间里,我极少和别人聊天。平素虽然在个别的日子里也喜欢在网络上码些文字,但习惯性地总是很认真也很谨慎。

不过听你这么一说,我忽然想起了前段日子和一个小网友聊天时的一段对白:“你应该有30岁了吧?”在聊过几次后他终于忍不住问了我一句。“怎么讲?”我反问。

“恕我直言,你不要见怪。”他发过来一个调皮的表情。“没关系的,你说吧,人的年龄并不会因为说或不说而改变。”我对他“微笑”一下。

“第一,你聊天时从来不用符号,只用文字。第二,你不会说网络语言,更不会骂人,甚至连‘切、晕、倒’这样的话都不说一句。第三,你的每一句话都有标点符号,并且用得十分到位。”他一下子说了这么多,我想也许是从哪里看来的,但用在我身上的确也算合适。毕竟我们每个人都不可能真正地违背生命本身的规律和心理成长的历程。

我不折不扣地把这个故事讲给你听，你大笑，笑得我真有点莫明其妙且不知所以。

二

一向的自己比较内向恬淡，多数时候的文字总带有淡淡的忧郁，许久许久了，一个人独处的时候便渐渐喜欢上了这样的思绪。

“你的身上应该发生过一个忧郁的故事，对吗？”经过几次天南地北、不着边际的闲聊后，从来不主动问话的你，见我上来后就主动问道。“谁的身上又没有忧郁的故事呢？”我以问作答。

“说说吧，你的故事我爱听。”你“送”给我一杯咖啡。看着闪烁在屏幕上冒着热气的咖啡，我的思绪一下子被扯到了很远很远的地方……

那是一个寒冷的冬季，在学校阅览室等了我半天的他，第一次把我带到了校园外那个小小的咖啡屋，听着《走过咖啡屋》的歌曲，喝着那杯温热的奶咖，我的心中第一次感觉到一种来自异性的、近距离的、从未有过的温暖。

第一次羞涩的牵手，第一次心跳的感觉，全因了那么一杯温热的咖啡和那样一首浪漫的歌曲。远方的你怎么可能知道呢，你随意发过来的这一个小小的“符号”，已让我重回到了遥遥的往昔。

“你怎么了,不说话?”你忍不住问。“人要是能忘记过去该有多好啊!”今天的我真的有点忧郁了。

“9494”,你开始使用符号来回答我。“少年不识愁滋味,为赋新词强说愁,如此而已。”我语。

“9494”,你说。“你先忙吧,我要走了,再见。”忽然间我真的什么也不想再说了。

“昨夜西风凋碧树。独上高楼,望尽天涯路”。匆匆下线,冥冥中我的脑海忽然间闪过晏殊《蝶恋花》中的这几句词。

三

就在那个曾让我魂牵梦绕的人终于淡出我的记忆,那个曾让我爱恨交织的故事终于走出我的梦境的时候,忽然间远逝的一切却因你随意的符号和些许的文字再次弹回到我的心底。

而我却于莫明其妙中鬼使神差地又一次出现在你的面前。

“说吧,我会认真听的。”你开门见山,直奔主题,冥冥中似乎早已读懂了我的心语。

没有早一步,也没有晚一步,你的问话恰巧出现在我极想倾诉的那个时候。就这样,尘封的记忆终于被你打开,光阴的故事初次由我演绎。

在那样一个夏日的午后, 在那样一种如烟的记忆里，我将紫丁香般的忧愁和叹息在瞬间编织成心语故事，传递给对面陌生的你。终于，我讲完了青春年少时的那一个故事；终于，你有了可以回复我话语的间隙。“我会让你忘记那些痛的。”

你知道吗？你这样出乎意料的平静而又简单的一句话，使我的内心再也无法平静如昔了。人海茫茫，红尘万丈，谁知道在何日有谁会走进自己的故事里，自己又在何时能走进别人的心里？

四

犹如一个想忘记一切而又总是在回忆中伤痛并浪漫着的少女，我又一次做起了很久以来未曾做过的梦：朦朦的白雾中，他在前面向我招手，循着他满脸的灿烂，我不停地跑啊跑，只是他的笑脸慢慢模糊，他的身影渐行渐远……

不同的是，这一次我终于跑到了他的面前，终能看到了他温情依旧的笑脸。只是在与他牵手的瞬间，我真真切切地听到：“我会让你忘记那些痛的。”

梦醒了，我泪流满面。悄悄地躲起来，在回忆中复原，在复原中疗伤，在疗伤中静静地遐想，静静地等待。

五

心绪在等待中日益平缓，在平缓中日益烂漫。我依然默默地度过每一个如昔的日子，依然默默地在夜深人静的时候，做着那些似曾相识而又闪烁迷离的七彩梦。

只是我无意中发现自己开始喜欢上那个最新的QQ号，开始在那个空间里等待你头像的闪亮。

“你喜欢写点文字，是吧？”你开始了对我的关注。“偶尔的，抒发一时的心情而已。”我语。

“不错，是应该经常写点东西，练练笔，网络时代给写手们提供了一个相当宽泛的发展平台和空间。”你很认真地告诉我。

就这样，我越来越喜欢在网络里编织自己的心情文字；就这样，我越来越喜爱在网络世界里找寻你的影子。喜欢看你简单明了的话语，喜欢感觉你文字中传递过来的情绪，更喜欢无根无据、自以为是地揣测你的心事。

一次次文字的交流，解读着心情，交付着彼此，不知不觉任由时光在指间轻轻地飞逝。

“知道吗？你很可爱。”从不喜欢在聊天时用那些女人喜欢听的形容词的你，第一次对我这样说。

“我好像还没觉得自己多么可爱，也许你以后就不再觉得了。”我心里微颤了一下，手指因短暂的发抖而放慢了打字的速度。“笨女人。”你快速回我。

“对的，我真的很笨，不过一直都是这样的。”回你话的时候，我的眼泪也随之滚落了下来。你知道吗，此刻我多想把它们一并回给你。

虽然我时时可以感觉到，在网络世界中游走多年的你，经历过太多太多相遇相识和相知，每一次难忘的回眸，每一个心动的故事，一如流星般划过你静寂的心空，留下过一道道深深浅浅的印痕。

眼花缭乱的网络世界中，你总是可以淡定从容，总是可以心如止水，总是可以找一处安静的心园，不受影响地做着自己喜欢做的事。看着你 QQ 号上的太阳、月亮和星星，我总会仰望夜空，陷入幽蓝的遐思中：如果你是太阳，萦绕在你周围的，一定会有不少的月亮和无数的星星，那么在你的“心空”中，究竟有没有那么一颗孤独的星星也会和我一样，只能遥遥地将你守望。

第一次发现这样的一个头像会让我陷入遐想，第一次想知道你究竟长得是个什么模样？也第一次意识到，我的感觉开始出现暧昧的情调。

你是我的谁，我又是你的谁？我们之间，谁是谁的谁？我时而迷惑，时而清醒。不断地在迷惑中清醒，又在清醒中迷惑。

每一次接近你，我都会变得清明，心绪平静。每一次离开你，我总是那么迷茫，暗自怅惘。不知道你下一次在什么时候出现，不知道你到底对我有几多喜欢？只知道你给予我的总是我想要的那种感觉，只知道你仿佛是那个看着我长大的兄长，早已知晓我所有的心语。

只是我并不知道，你究竟是从何处来，最终要回到哪里去？

六

你知道吗，当你发过来那么一个拥抱的符号时，我满脸的红晕绝不亚于少女时代的初恋。闭上眼睛，宛如被你拥入怀中，羞涩地凝视你深情的双眸，等待你温柔的唇印在我滚烫的额头间。

幻想的甜蜜中，一份心跳，一份震颤，一份挂牵和一份思恋，如一弯静静的河，缓缓地在我的心中流过，流入我旖旎的梦境……

“高山下的情歌／是这弯弯的河／我的心在那河水里游／蓝天下的相思／是这弯弯的路／我的梦都装在行囊中／一切等待／不再是等待……

遇上你是我的缘／守望你是我的歌／……”

你知道吗？听着这首歌的时候，我真的好想流泪，也好想好想你。

只是，看着你波光潋滟的心河，我并不知道自己如何才能渡过？

“我是一只笨拙的毛虫／站在你波光潋滟的心河边／观看往来的点点白帆／心情绚烂／金秋的日子／惊诧地发现／梦中的家园／就在彼岸。

慌忙中我毫不犹豫／给自己做了一个厚厚的茧／幻想着来年的春天／蜕变成一只美丽的蝴蝶／轻盈地飞到我梦想的乐园”……

望着金秋的圆月，忽然间发现，我们已走过火热的夏季，步入到金色的秋天。好久不再写诗的我，脑海中一下便流淌出这样一段诗意的语句。

那么，我真的是一只笨拙的毛虫吗？我真的可以蜕变成一只美丽的蝴蝶吗？想着想着，我进入了甜美的梦乡，恍惚间自己变成了一只金色的蝴蝶，在明媚的春日里，快乐轻盈地飞到了你的面前……

七

快乐的日子飞快地流逝着。林间的叶儿，黄了又绿了；南归的雁儿，去了又回了。

我的心情在无数次的暧昧与明朗中，不停地矛盾着，变换着，忐忑着，也快乐着。

无数次面对屏幕，闭着眼睛想你“说”的下一句话，结果总是惊人的相同。无数次闲暇，在猛然间想着你的“影子”时，又恰被手机上你的短信“吓”得心慌意乱。你就是这样，让我在一次次的陌生中感觉无数次的熟悉，又在无数次的熟悉中触摸一次次的陌生。让笨笨的我无数次陷入痴痴的想和迷迷的醉。

“你不害怕有一天我会爱上你吗？”暧昧中我暧昧地问你。

“不怕。”明朗中你明朗地回答我。你知道吗？此刻的我多么想听到你说一声“我害怕”或者是“不可以”。

哪怕有一点的暧昧，一丝的犹豫，我至少可以在目前的时刻里略有防设地付出，也好在以后的日子里有所准备地离去。虽然我知道，其实从头到尾都是我在害怕。

我知道你早晚都会走出我的视线，悄然远去。只是没有想到，你走得会这样急切，这样无声无息，就像是从未来到过我的世界，也从未留下过任何的痕迹。

期盼中春天终于来临，我不顾一切地奋力挣脱，终于破茧而出，蜕变成一只美丽无比的蝴蝶，朝着曾经的彼岸义无反顾地飞去。尽管，那里已不再有你的等待。

我终能明朗地意识到，飞翔中的快乐源于痛苦挣扎和蜕变后轻盈美丽的我自己。

有谁，与我一起分享寂寞

夏日的夜，不深，但已渐凉。辛苦奔忙了一天的爱人已经酣睡，白天不知疲倦的儿子，在梦中依然露出童真的笑脸。我静静坐在书桌前，独享这片刻的寂寞。

夏日是喧闹的，烈烈的日，艳艳的花，以及浓浓的绿，无不张扬着属于自己的热烈与繁盛。柔柔的夜，清清的风，单单的我坐在灯下。忙忙碌碌的事，熙熙攘攘的人，暂时可以别离。轻轻闭上眼睛，任思绪飞畅，让心情荡漾。此时的静默，惟我独享。

打开网络记事本，我还是想记下此时，留下这夏夜的点点滴滴……

也许，人生的尽头，最终一样。你我最大的不同，只是行走时那一路的风景。也许心绪寂寥，外表却分外哗然；内心被快乐溢满，神情却始终淡然。只是，心灵深处的那一片百花园，我极力使其四季灿烂。

喜欢细读那些发黄的信件，喜欢翻阅孤独时涂鸦的心情文字，更喜欢在手机中储存那些惟我独有的“原创”信息……偶尔的日子，一个人静默独享。

“快乐的时候，我可能在你身后；寂寞的时候，我希望在你心头。”平平淡淡的一句话，不知何时已深埋在我的心园。

现实生活中的喧嚣，有时只是一种衬托，许多时候内心未必真的需要。网络世界里的热闹，更不知究竟有几分虚拟，几分真实。

季节的轮回中，树上的叶儿，黄了，又绿了；园中的花儿，谢了，又开了；眼前的人儿，走了，又来了。

是谁，一直拥有着我的灿烂？又是谁，惟愿与我分享寂寞。今夜，这样一个心静如水的片刻，丝丝心语，点点寂寞，不知将会在何人窗前，随晚风飘落……

飘落，原不是我心所向，相信远远的你，早已深知。

“众荷喧哗／而你是挨我最近／最静，最最温柔的一朵／……

我向池心／轻轻扔过去一粒石子／你的脸／便哗然红了起来”

忽然，我想起了这样几句诗……

此时，有谁可以与我共享，来触摸我心湾里那一缕缕深深浅浅的寂寞。又有谁在用心聆听，我敲击键盘时弥满着忧郁的串串响声。

远方的你，是否正田田如荷，在池心静静等着我，向你寂寞地诉说。我手中这粒寂寥的石子，能否激起你层层心伤的涟漪。众荷之中，你可是挨我最近、最静而又最最温柔的那一朵？

爱人啊！我更想知道，你酣然的梦里，会不会悄悄邀我？

陌生的朋友

如一片清秋的红叶，风中飞舞时，不经意触动你屏上的文字。

多年之后，时间会刷掉所有的往昔。在偶尔翻开这张网页时，你是否还记得，我曾经在你心里，留下过一些浅浅淡淡的痕迹。

当尘缘未尽，心绪翻飞时，我只想说一句，感谢有你，在屏前与我同行。

你可知道，有一种真情，叫沉默不语，有一种感念，叫有你相伴。

——题记

我们时不时在网络中穿梭，来来往往有太多的“相逢”，不能不说是一种“缘”。世界这么大，人这么多，能够逢着的，毕竟寥寥无几。

在网络中我素来喜欢选择沉默，有时把自己置身于某个氛围较好的群中，只是想让那些闪烁的头像偶尔伴在自己眼前，在某些夜深人静的时刻，群里的“喧闹”让我仿佛置身于风和日丽的阳光下，心情恬淡安然。

其实群里有许多人是极少“发言”的，但他们总是有着别人无法比拟的优点和特长，平时一般不说“费话”，但如果有人请教问题，他们总会热心地给予解答。“三人行，必有我师”，我一直把这样的人称作自己的老师。

我前天在博客上贴了几张蒲公英图片，因为是从百度图片库中搜索出来的，没有再次上传就直接制作使用了，所以贴出来的图片有时还能看到，有时却根本无法看见。几位热心网友的留言我都看到了，因一直没有太多空闲的时间，所以也只能随之任之了。

今天在群里偶尔提起此事，没想到有几位“老师”很热心、很主动地为我解答了这个问题，我又重新把图片贴了一次，相信这次会好一些的。

网络中，有许多陌生的朋友都是我的老师，他们总在不知不觉间让我心存感激。我只能在此真心祝愿他们：热心人一生平安！

一个人的一句话

第一次与电脑亲密接触,是在十年前。

那是 1998 年的秋天, 我被单位委派到新疆师范大学去学习计算机应用基础知识。当时,单位上除了专职的打字员外,其他人平时基本上是不接触电脑的,我也并不例外。在学习班里,大约有五分之一的学员略懂些有关计算机的基础知识,其中有少数人还在单位从事打字工作。

给我们讲课的老师是一位刚刚晋升的副教授,年龄大约三十七、八岁。从他双脚迈进教室的那一刻起,我首先注意到的是他脚上那双半新不旧却擦得十分光亮的黑皮鞋,再往上看,是一套深蓝色的只有八成新的西装,非常合体,与此相搭配的是一件雪白的衬衣和暗红色带花纹的领带。

素来并不太喜欢打量男士衣着的我,不知为什么要对他从下到上细细打量一番,很显然这是一位十分干净整齐且充满魅力的中年知识分子。

让我们倍感幸运的是，他的课与他的穿着打扮一样，条理清楚，板书整洁，实践操作与理论讲解环环紧扣，十分严谨。可以毫不夸张地说，听他讲课的确是一种精神享受。只是对大部分学员来说，第一次坐在电脑前一边听课一边操作，实在有点手忙脚乱，不由得便心慌起来，稍微走神就跟不上他讲课的思路。

在学习任务繁重的时候，少数跟不上思路的女学员开始打量他的衣着，课外休息时也就多了一些茶余饭后的谈资。比如他的西装总共只有两套，并且颜色相近，一套深蓝色，一套灰蓝色，每周轮换一次；他的领带却有四、五条，基本上是三天两头换洗；衬衣也有三、四件，两天换一件，与领带搭配得恰到好处；不过他的皮鞋只有一双半旧的，可以看出是很认真擦亮的。还有，就是他的发型很独特很好看，等等，诸如此类的谈论我已"司空听惯"。

每当我用心听课做笔记的时候，手上操作的动作就慢了下来，有时着急起来似乎连键盘上字母的位置都难以找到。看着大部分学员手忙脚乱的样子，这位教授笑了。一定是近百名成人学员偶尔表现出来的不知所措的笨拙举止逗乐了他。

半个月很快过去了，距离这次学习结束的时间还有近两个月，由于想家，并且晚自习坐在电脑前练习操作时还遇到了难题，我忽然就很想放弃，甚至想做个逃兵一走了之。

第二天上课时，教授讲课的速度明显慢了些，并且每一项实践操作内容都重复两遍。

“各位学员，请你们要相信自己，操作的速度一定会逐渐快起来的。大家要明白，无论在任何时候，我们的行为都是受大脑支配的，所以大家不要因为着急就盲目操作。我们首先必须要想清楚自己想要做什么，怎样去做，然后再开始动手操作，我相信只要大家努力，一定能够跟上学习进度。”

听了教授的话，大家的心情似乎轻松了许多，我也暂时放弃了“逃跑”的念头。

说来也怪，当自己不再浮躁也不再慌乱的时候，头脑冷静下来，思维也灵活了许多，手上的速度终于快了起来。两个多月很快过去了，因为深记了那位教授的话，我用心学习并抓紧时间进行操作练习，渐渐感觉轻松自在起来。

以后的日子，当自己的手指在键盘上灵活自如操作的时候，偶尔还会想起那位教授的那句话。转眼十年过去了，每当我在生活中遇到一些难题烦躁时，总要时刻提醒自己遇事三思，要冷静理智，尽量避免那些冲动的行为举止。

教授的那句话，让我终生难忘。

第四辑

真爱无言

爱是春天的原野，夏日的绿荫，秋天的硕果，冬日的太阳。

爱是珍藏在心底一直想说却没能说出的那一句话。

真爱无需惊天动地，真爱不必山盟海誓，真爱总是沉默无语……

永远的圣诞树

我家儿子从两岁多就开始他的幼儿园生活。如今我还清楚地记得，在他两岁半的那个圣诞节的前一天，爱人从幼儿园接回儿子的时候，手里还提着一个塑料袋，里面全是孩子们爱吃的零食。

“妈妈你看，幼儿园老师阿姨送的礼物，小朋友都有。”一进门儿子就开始了他每天都要进行的“汇报”。

“宝宝你告诉妈妈，老师阿姨为什么要给你们礼物呢？”我一边从爱人的手里接过儿子，一边问道。

“老师阿姨今天画了一棵树，好漂亮！是圣诞树，上面有礼物。老师阿姨说，那和我们的礼物一样，妈妈你看。”儿子边说边让我看塑料袋里装着的零食。

晚上陪儿子睡觉时，和往常一样，我又拿出《安徒生童话故事》书准备朗读，儿子忽然问道：“妈妈，老师阿姨说，好孩子可以收到礼物，圣诞老人送的，是不是？”

“是的，应该是这样的。”面对儿子好奇而明亮的眼睛，我真不知道该说什么才好。

“我是好孩子吗？”儿子问。“是啊，当然是，你是爸爸妈妈的好宝宝啊！”

回答完儿子的问话后我把他哄睡，又到商店买了他喜欢吃的“牛肉松”和“棉花糖”放在床边。第二天早上，当爱人“惊喜”地把这一发现告诉儿子的时候，他乐得直拍巴掌：“我是好孩子，妈妈你看，我有礼物，爸爸说是圣诞老人送的，太好了！”

看着儿子高兴的样子，我和爱人相视而笑。伴着他的笑声，日子飞快地流逝着。转眼一年过去了，在儿子三岁半的那个“平安夜”里，爱人指着家里养的一盆花说：“儿子，今天晚上你和爸爸妈妈一起来装扮这棵‘圣诞树’吧，爸爸今天买了彩纸，让妈妈剪成彩条，再做一些彩色的花朵，我们可以把它装扮得漂漂亮亮的，等着明天看圣诞老人给你送的礼物吧。” 就这样在第二天清晨，儿子得到了他非常喜欢的一个电动小汽车。

同样在他四岁多的时候，儿子得到的圣诞礼物是他早就想要的一支仿真手枪；五岁时他得到一个电动恐龙和一本有关恐龙故事的彩色画册；六岁时，已经上学的儿子得到的圣诞礼物是他最爱看的漫画书；二年级时，凡事爱问“为什么”的儿子，收到了《十万个为什么》的圣诞礼物。上三年级时，儿子曾不止一次地问我：“妈妈，我想知道圣诞老人到底在哪里？他怎么会知道我，又是从哪里给我送来的礼物？”

“因为你是一个好孩子，每个好孩子都会得到祝福和礼物。况且我们在每一个平安夜里，都怀着平静和幸福的心情装扮‘圣诞树’，如今你已经学会剪彩条做彩花了，其实这也是圣诞节给我们带来的一份好礼物。”儿子似懂非懂地继续听我解释，“你每年都希望自己能比上一年做得更好，进步更大，当然圣诞老人就会喜欢你的。”

“爸爸，我怎么觉得圣诞老人写在书上的一些字，和你写的字有一点像啊？”儿子忽然又问爱人。“啊，真是这样吗？”我和爱人都情不自禁地以问做答……

转眼间，又一个圣诞节临近了，儿子终于从网络中查到有关圣诞节的来历：

“传说在很久很久以前，有一位农人在圣诞节那天遇到一位穷苦的小孩，他热情地接待了这个孩子，小孩临走时折下一根松枝插在地上，松枝立即变成一棵树，上面挂满了礼物，用来答谢农人的好意，这就是圣诞树的来历。人们装扮圣诞树，是希望得到更多的祝福、关爱和平安快乐！”

“爸爸妈妈，你们说今年我还能得到圣诞礼物吗？”儿子在问我们的同时，又像是在问自己。

“会的，一定会的。”我和爱人又一次不约而同地相视而笑。相信儿子在长大以后，一定会明白：即使他不再收到任何圣诞礼物，但那棵长满祝福、挂满礼物的圣诞树，会永远生长在他的心中并开花结果。

有一种爱叫沉默不语

一

“城里的人想出来转转”

在我的“老安琪儿”甜蜜地吃着生日蛋糕的时候，爱人忽然像想起了什么似的问：“儿子，你的生日就是‘母难日’，你应该给妈妈敬上一杯酒，对妈妈说一句最想说的话。”

“祝妈妈身体健康，工作顺利！”儿子的反应倒是挺快的，听了爸爸的话后，立即就给我倒了一杯饮料，还一本正经地和我碰了一下杯子。

“妈妈，我还想对你说一句话，行吗？”儿子喝完饮料又悄悄地问我。

“可以啊，说吧。今天是你的生日，你想说什么就说什么吧。”我看着儿子说。

“妈妈，那我说了你可不要生气啊。”

“说吧,妈妈不会生气的。”

“妈妈，你以后不要喜欢‘小肥婆’这个昵称了，好吗？”

“为什么?妈妈觉得长胖一点更漂亮,所以才喜欢这个昵称的,不过也只有爸爸才可以这样叫妈妈,你觉得不好听吗”我真纳闷儿子怎么会在这个时候想起了这个问题。

“妈妈,你看叫‘婆’的人都有点老,像外婆、太婆、婆婆都是很老的人啊，所以你不能喜欢‘小肥婆’这个昵称。”儿子很认真地对我说。

“是吗？”我忍不住笑了起来。没想到爱人平时和我开玩笑时用的昵称,儿子竟然会这么在意。

“妈妈,你看天上的仙女那么漂亮,没有一个是胖的,比你还要瘦,人家怎么不增肥呢？”看来儿子把我天天挂在嘴上的“增肥计划”已经记在心里了。

“妈妈,你没听到电视上说的,‘城里的人想出来转转,城外的人想进去看看’,你现在瘦,当然是想增肥了,别人都在减肥,当然是想进城去看看了。那你还要出来干什么呢？”儿子看着我说。

“儿子，真没想到你的小脑袋里装这么多乱七八糟的东西。”爱人差点笑出来。

“城里的人想出来转转”?我实在没有想到儿子竟然是这样理解的,我一时无语。

二〇〇六年六月二十一日

二
摇摇风铃

“妈妈,闭上眼睛好吗?让你听一种好听的声音。”吃过晚饭,我和爱人坐在沙发上看电视节目,儿子从他的房间里跑到我的跟前说。

“你要做什么啊?”我有点纳闷,调皮的儿子不知道又要搞什么花样了,我闭上眼睛在心里想着他要做什么。

“叮铃铃……妈妈你看这个,喜欢吗?我专门为你做的小风铃,送给你吧!”

儿子把背在后面的手伸到了我的面前,好像变戏法似的,提着一个自制的“风铃”在我的眼前晃了几下,“叮铃铃”的声音便在我的耳边响了起来。

“好啊,我看看你是怎么做出来的?”我接过“风铃”仔细一瞧,原来儿子将他近日里喝过的“葡萄糖酸锌口服液”的小瓶子收藏了起来,用毛线连在一起,又将一些五颜六色、亮晶晶的彩条系在每个瓶颈处,随着他小手的摇动,这串经过精心连缀在一起的小小玻璃瓶,竟然一闪一闪地发出了悦耳的响声,还真像一串叮铛作响的美丽风铃。

“谢谢你,宝贝,来让妈妈抱抱你。”我接过风铃,拥抱着儿子,“为什么今晚要送我这个礼物呢?”

“我听到你和爸爸谈论‘感恩节’的事,就想着要亲手做一个小礼物送给你们,妈妈你喜欢吗?”儿子坐在我的怀里搂着我的脖子说。

“当然喜欢啊，爸爸妈妈谢谢你。”我边说边将风铃递给爱人看，一下子就明白了为什么中午一放学，儿子就悄悄走进自己的房间，并关上了房门。

“你这个小家伙，原来中午一直躲在自己的房间里悄悄地做这个小玩意啊。”爱人边看儿子的这个“作品”边说。

“妈妈，那你要答应我一件事啊。”儿子说。

“什么事？”我有点奇怪。

“你以后如果因为一些小事和爸爸争吵的时候，就摇摇这个风铃，不和他争吵了，行吗？”儿子看着我认真地说。

“怎么样，你还是虚心接受儿子的建议吧。”爱人冲着我边笑边说。

“好吧，以后摇摇风铃就表示‘我爱你们’。”我笑着对爱人和儿子说。

二〇〇六年十一月二十三日

三

有一种爱叫沉默不语

儿子从小喜欢“涂鸦”，刚上幼儿园的时候，老师教了什么图画，他一回家就开始在墙壁上随意“练习”，兴趣颇浓。听着他涂涂画画时开心的笑声，我忍了又忍，最终还是没舍得把已经扬起的手落在他的身上。无奈之际我只好买来一些大白纸，贴在他房间的墙壁上，再三告诫他只能在那个固定的位置上“作画”，不可以再越规一步。

没想到几年过去了，儿子胡涂乱抹的兴趣不但没有减弱，反而是越来越强烈。在他一年级放暑假的某一天，自己提出来要去文化馆举办的绘画兴趣班学习。因为路程很近，每天的学习时间也只有两个小时，儿子每天都可以十分准时地到达，不用接送他也从不迟到。一个月的培训课程结束时，小家伙竟然被评为“优秀学员”，还再三要求我同他一起去参加绘画班的“结业典礼”。

走进培训教室，我看到展板上贴着不少小朋友的绘画作品，儿子的三幅作品都被评为“优胜奖”，受到了老师和小朋友们的好评。

结业典礼完毕后，培训教师热情地与我交谈起来。

“从你儿子的作品来看，这是一个在浓浓的关爱中成长起来的孩子。”老师对我说。

“现在的孩子都是父母的宝贝，哪一个不是倍受呵护呢？”我笑答。

“是的，但你家孩子的心中充满了更多的爱。”老师说，“他喜欢画各种各样的小动物和花草树木，每张画中的小动物至少是一大一小的两个，并且多数是大的背着小的，有时是鸟儿，有时是小白兔，有时是蜗牛，都挺有意思的。”

听了老师的话，我再仔细看看儿子的“涂鸦作品”，果不其然。

转眼间儿子已经上小学了,仿佛就在昨天,他还是一个每天都喜欢坐在爸爸的肩膀上看世界的小宝贝。

也许爸爸的脊背给了他太多的幸福和踏实,妈妈的怀抱里又有太多的温暖和甜蜜,所以儿子画中的小动物总是相依相偎、亲亲密密地在一起。

许多时候,爱总是躲在我们不曾注意的角落里,悄无声息地表达和传递着。

二〇〇七年七月二十二日

四
妈妈,你有不快乐的时候吗

刚吃过晚饭,忽然意外停电,我只好离开网络也离开电视。难得这样静静地闭目养神,任思绪飞到很远很远的地方。今晚不再流连网络世界里的人来人往,也远离了天南地北的纷繁芜杂,可以暂时忘记心中承载的种种苦辣酸甜的故事,也暂时放弃抒发自己的心情文字。

也许在太多的时候,面对太多的悲欢离合和起起落落的故事,因了感知、感动和感觉,便习惯了用文字说话。总觉得文字中的自己更感性更鲜活也更执着。

“妈妈,你有不快乐的时候吗?”正在我放飞心灵的瞬间,儿子忽然从他的房间里跑过来问我。

我有不快乐的时候吗?望着仅有八岁已经上三年级的

儿子那张显得“成熟”的娃娃脸，我不由自主地笑了起来。也许在儿子的心目中，妈妈大多数时候是快乐的，至少在他面前的时候是这样。

常常想自己在大多时候还是有点私心的，总是把忧郁和灰暗交付给文字，而把快乐永远留在自己的心里。

“宝贝，你有不快乐的时候吗？”我问儿子。“妈妈，我很少有不快乐的时候。”儿子说。

“是吗？不快乐时怎么办？”我又问。“妈妈，我教给你快乐的方法，好吗？我就是这样做的。”儿子说话的口气好像一个大人似的。

“好啊，宝贝。”我觉得儿子的样子很好笑，就随口答应道。

“妈妈，我说给你听：1. 当你不高兴时，深深吸几口气，就会觉得舒服许多。2. 想想开心的事或许你就能慢慢开心起来。3. 看幽默的漫画或小品，说不定你会哈哈大笑起来。”儿子像是早就背得滚瓜烂熟的样子。

“宝贝，你觉得有用吗？”我问儿子。“有用啊，妈妈，我不快乐时，就是这样做的，马上就快乐起来了。不过我可很少有不快乐的时候啊。”儿子说。

“你从哪里学会这种方法的，宝贝。”我又问道。“是老师给我们讲的，《小学心理健康教育》上写的，很有用，妈妈你试试吧。”儿子很认真地说。

原来是这样。

也许刚才停电后自己短暂的沉默，让儿子感觉到的是不快乐的信息。

我不由自主地深吸了一口气，觉得儿子挺有意思的，不禁笑了起来。

“妈妈,是这样吧？你看你一下子就开心起来了。”“对啊,宝贝,你说得很对。”我看着儿子兴奋的表情,竟忍不住大笑起来。

不知不觉间,儿子渐渐长大了,真的长大了,并且最重要的是,长大了的儿子仍然是很快乐的。

“哇噻,来电了,妈妈,这下就好了。”正在我闭目养神想着关于“快乐”的话题时,又来电了,刹那间整个房间显得格外明亮。

“儿子，妈妈今晚还是和你一起读前天买回来的那本科幻故事书吧。”我对儿子说。

“太好了,妈妈,我们又可以一起哈哈大笑了。”儿子边说边在我的脸上使劲亲了一口。

忽然间,我觉得心中涌动着一种从未有过的快乐。

五
言教与身教

晚上吃过饭后,我懒洋洋地躺在沙发上看电视,一时间觉得也没有什么特别想看的节目,换了几个频道后,随便挑选了一个节目看着。

儿子拿出前几天刚买回来的玩具——木陀螺,在客厅里玩了起来,他熟练地打着陀螺在地板上不停转动，自得其乐地紧紧追逐，并发出开心的笑声，不一会儿他就玩得满头大汗了。

“妈妈，你来玩一会吧。”儿子累了，停下来对我说。

“妈妈小时候没玩过这个，这是男孩子玩的。”我应付着。

“那你现在可以玩了，你玩玩让我看看吧。”儿子边说边把陀螺和鞭子递到我的手中。

“我可玩不来，真的不会玩这个。”这会儿我只有实话实说了。

“妈妈，你不是经常告诉我，遇到困难不要随便说‘我不会’，要说‘我试试’，并且要尽量试着去做吗？”儿子看着我的眼睛说。

没想到自己平日里说的话，他记得这么清楚。看着他认真的表情，我忽然又想起了前几天的一件小事。

那天我带着他到住宅小区旁边的蔬菜店里买菜，看着一年四季也没有多大变化的新鲜蔬菜，面对服务热情的老板，实在不知道应该做出怎样的选择。

“这几种蔬菜我都不太喜欢吃，也没什么新花样。”我自言自语地边看边说。

“妈妈，你不是经常告诉我，应该吃各种各样的蔬菜，才会对身体有好处吗？”儿子听到我说的话后，当时就这样问我。

“是的，我们还是把每样蔬菜都买上一些吧。”我边说边开始挑选蔬菜。

这件小事已经过去好几天了，我并没有太多的在意。

然而今天他提出来让我玩陀螺，还真让我左右为难。

“你先教会妈妈吧，然后我再试一试。”想着“身教重于言教”的道理，我只好答应儿子的要求。

“好吧，那你可要看清楚了，是这样的……”儿子真的拉起我的手，给我教了起来。

学了二十多分钟，还是不得要领，看着自己手忙脚乱的样子，心中觉得又好笑又好玩。其实无论学会还是学不会已经不再重要，这满房间“嘻嘻哈哈”的笑声，本来就是一种快乐的收获。

有多爱就有多痛

一

爱着痛着快乐着

清晨起来,发现一周前买回来的一条黑色燕鱼懒洋洋的沉在缸底，无精打彩地晃动着，心中忽然就有几分难过。中午下班回来,这条鱼果然已经死了。

爱人把它捞出来扔在下水道冲走后,略显伤感地对我说:“看来天气的确冷了,水温有点低,这小东西已经无法适应了。”我说:“儿子放学回来后,知道了一定会很难过,他那么喜欢这条鱼儿。”

说话间儿子已经进门,换了拖鞋就径直走到鱼缸边观察。“啊,那条黑燕鱼怎么没有了。”他的神情很失落,“这条白色的燕鱼不会因伤心而死掉吧？它们可是一块儿买回来的。”

“别难过了,过段时间再买几条回来。”我一边安慰儿子一边开始做饭。

不出所料，一天后另一条白色的燕鱼也莫明其妙死掉了。“它一定是伤心死的，它们本来就是一对好朋友。”儿子叹息着说。

“说不定它们是一对情侣呢，真可惜。”我对爱人说。

“你怎么又多愁善感起来了，如果百年之后，我比你先走了，你可不要这么难过啊。”爱人笑着打趣说。

“我希望走在你前面，这样可能有点自私，但我真不敢想象失去最爱的感觉会是什么样子……”忽然眼睛就有点湿润，忽然心情就沉重起来了。

“一句玩笑就能赚足你的眼泪，夫复何求？”爱人看着我笑了起来。

夫复何求？听了夫的话，我心中一时间思绪万千。

曾经的我是那么敏感脆弱，偶尔会因为爱人对自己的“忽视”而不开心，会因为爱人的高嗓门而独自生气，也会因为自己的细腻而“受伤”……

“能够伤害自己的，总是自己的最爱。”记不清这是谁说过的话，但我清楚的知道这句话的份量有多重。

痛着爱着，爱着痛着，有多爱就有多痛，难道不是这样吗？

只是，我们常常为这样的“痛”快乐和幸福着。

二〇〇七年十月三十一日

二
编织爱意

从上周开始,工作始终忙忙碌碌的,在外面跑来跑去,真觉得有点累了。

晚上好不容易轻松下来,坐在沙发上想看看电视,却看到了自己前几天就放在沙发边上那个还没有编织好的毛衣,铁锈红色的毛线,柔和耐看,我相信穿在儿子的身上一定会非常好看。

早在一个月前,儿子看着穿在自己身上越来越小的毛衣,就提出要求,希望我再给他编织一件。仔细想来,从小到大,近十年来儿子在冬天一直穿着我为他编织的毛衣,已经因习惯而喜欢了。

记得在儿子上学前,晚饭后我喜欢边看电视边织毛衣,时不时还要应付儿子的问题:没完没了的"十万个为什么",或者是欣赏和赞美他用积木搭建的各式各样的房屋或城堡,看他乐此不疲地玩着橡皮泥,做出多种多样、神形兼备小动物。不知不觉间,利用晚上的空闲时间,一件毛衣最多用两周时间也就可以织好并穿在儿子身上。

不见孩子长,只见毛衣小。当儿子正式提出要求,让我给他再编织一件新毛衣的时候,我忽然发现,儿子果然又长高了不少。

也不知从什么时候开始,能够静静坐下来编织一件毛衣的心情似乎很难得了。今晚,望着自己已经编织好一大半的毛衣,再拿起来接着编织的时候,儿子小时候的往事历历在目。

不由自主便放下毛衣走到书柜边,随手取出并翻阅那时零散记录下来的日记,心中居然像盛开着一朵迎春花似的,感觉到满怀的春意和希望。

在日日盼望儿子渐渐长大的过程中,青春的脚步正在渐渐远行,渐行渐远的岁月里,又有着多少欢乐幸福期待和怀念。金色的年轮里不但有成长的快乐,也有已逝的无奈。如今眼角渐渐出现的细纹,记载着多少年轻时代的风花雪月或苦辣酸甜。无数的琐碎和忙碌,在儿子天真烂漫无忧无虑的笑脸面前,全部淡如云烟。

重新拿起沙发上的毛线,柔软温暖的感觉又一次在周身曼延。岁月的缨络,需要用心编织才能五彩缤纷。融融的亲情,大多时候也许会十分平淡,体会到的仅仅如贴身毛衣般柔软而温暖。

无数个夜晚,宁静的灯光下,像无数个母亲一样,我所编织的,也许只是一份密密麻麻的暖暖的爱意。

二〇〇八年一月十六日

三
爱的空间

在你的心灵深处 / 还有个小小空间 / 我要用浓浓的爱

/渐渐来把它填满。

盼望中春天的脚步真正近了,暖暖的太阳足以抵挡清冷的春风。

近几日儿子喜欢在外面逗留,中午放学至少还要在外面玩儿十几分钟才进家门。看他回来后情绪高涨的样子,我也不想再说什么。

前两天儿子一直希望再给他买几条金鱼,我答应等到春暖花开的时候再买。接着儿子又问我能否给他养个小宠物,比如小狗、小猫、小鸟或者小松鼠之类的。我说小狗和小猫很麻烦,如果清洁卫生搞不好的话,就要生病或者长寄生虫,还要影响到我们的身体健康。我还说小鸟的羽毛有时乱飞,又有味道,不太好收拾,也不适合养在楼房里。至于小松鼠吗,它的食物不太好解决……

“妈妈,那你说说我们家除了养金鱼,还能养什么小宠物?”儿子十分不满意地对我说。

“以后再说吧。”我应付着儿子。

从小到大,儿子对小动物的痴迷和情有独钟简直到了极点,也许这就是现代独生子女的共性吧,虽然他们在家庭里得到很多的爱,但内心深处相对来说总是显得孤独。许多童趣和游戏都被钢筋水泥的住宅楼隔离出去,让孩子离大自然越来越远。

也许,渴望接近和拥有小动物,喜欢买各种各样的小玩具,正是孩子的天性。孩子心中的那个空间,需要用爱来填满。

我想,最好还是多找点时间和空闲,能够轻松愉快地带着儿子出去转转，沐浴着灿烂的阳光，用心感受明媚的春天。

二〇〇八年三月十八日

四
十岁儿子心中的爱

暖暖的阳光透过窗子融融地洒在客厅的沙发上，午饭后我懒散地躺在沙发上，尽情享受春日的温情，忽然间睡意朦胧。

“妈妈，我们班的一个小朋友给我出了一道题：如果爸爸妈妈同时落水，而我刚好可以救你们，他问我先救谁，你猜我怎么回答的？”儿子坐在旁边开始与我交谈。

今天老公外出办事不在家，儿子不像往常休息日那样，在午饭后跑到外面去玩。

“那你怎么回答的？”我立即问道。

“我也问了他，他告诉我说他要先救妈妈，因为他爸爸爱发火，他很不喜欢爸爸的坏脾气。你先猜一下我是怎么回答他的？”儿子说。

“妈妈猜不出来，想听你说。”儿子的话题引起了我的好奇，一时间我的睡意似乎全没了。

“我说我要先救妈妈，你猜这是为什么？”儿子又问我。

“为什么？”我边问边猜测儿子为什么要这样说。

“因为爸爸会游泳，我相信他可以自己游上岸。”儿子毫不犹豫地回答。

“其实爸爸是不怎么会游泳的。”我告诉儿子。

“但是你一点都不会游泳啊，我可以先救你，再救爸爸。”儿子说，“如果只能救一个，我只好先救离我最近的那一个，不管是爸爸还是妈妈，我把你们救上来一个后，我们再一起救另一个，这样爸爸妈妈不是都可以得救了吗？”儿子说完后就高兴地笑了，显然是为自己想出来的好主意而自豪。

“你真是个好儿子！来让妈妈抱抱。”我从沙发上起来，给儿子一个亲密的拥抱，从小到大我一直喜欢以紧紧拥抱的“身体语言”来奖励儿子。

“我最爱爸爸妈妈了，假如有一天你们被歹徒绑架了，有生命危险，歹徒提出来让我从十层楼上往下跳，作为交换条件，我也会立即跳下去的。”儿子与我亲密拥抱后，坐在沙发上看着我的眼睛认真地对我说。

“你不害怕吗？我的宝贝，从十层楼上跳下来，是有生命危险的，这是万万不可取的方法。”看着儿子天真而又坚定的神情，我的眼睛湿润了。

“虽然我这样做有生命危险，但还有活着的希望，并且这样一定可以把爸爸妈妈救出来，你们一定可以活着，并且我也有可能活着，这样我们一家人又可以在一起了。如果我不从楼上跳下去的话，你们一定是没有活的希望了，爸爸妈妈都不在了，那我一个人活着还有什么意思呢？”儿子一口气说了这么多话，我的眼睛一下子潮湿起来……

在这样一个晴暖的春日午后,在这样一缕金色的阳光里，我那年仅十岁的儿子，平静地对我说出这样一番话语。

也许多年之后,儿子不一定能够记起,但是作为他的母亲,我却终生不会忘记。

二〇〇八年三月二十九日

幸福,常常躲在被忽视的角落

上午意外地收到一本杂志,惊奇中慌忙打开来看:尊敬的玲,你的好友霞委托我社给你寄来这本杂志,希望你能喜欢,并珍惜朋友的一片情谊。

看过后我立即给霞打电话过去,表达心中的一份感动。原来她订阅这种杂志已经两年,出版社在十月份免费又赠送她两本杂志,按照要求她只需要填写两位好友的姓名和详细通讯地址,寄往出版社,这两位好友就可以收到由出版社代发的杂志了。

这是一份《保健与生活》杂志,我比较喜欢,翻阅杂志的时候,心中的思绪一直不断。为朋友 ·份默默的关爱,也为出版社这种人性化的管理机制而感动。无论把这种行为方式理解为是对订阅者的一种激励机制,还是一种巧妙的宣传广告,其作法都让人心中乐于接受并且感觉暖洋洋的。

自己生来就是一个性情中人,最大的特点就是容易被感动，尤其是红尘中的那些不期而遇的给予和关爱。并且,我素来喜欢看书,已成为一种习惯。

前不久,我的一位朋友还给我赠送了他战友最新出版的一本诗集,并希望我在阅读后能够谈谈自己的看法。

“现在喜欢读诗歌的人可能不太多了，我战友一共给我寄来了三本,我首先想到一定要送给你看看。”他很真诚地说。

“也许是书太贵了，真正喜欢看的人一般都买不起书吧。”我虽然理解他话中的深意,但我还是笑着对他说了这样一句话。

于是,我们两人相互会心地笑笑,没有把这个话题再继续深谈下去,而是换了与此无关的另一个更加轻松的话题。在朋友的眼中,自己能算得上是喜欢读书的人,这种认可足以使我的虚荣心得到满足。当然,最让我满足的还是,能有这样的一位朋友,他能够知道我的一些喜好,他可以在平平淡淡的日子里，给予我点点滴滴的关注与快乐。

也许,他只是用了这样一种方式,想来与我进行一些交流,想来问候一下我这个不常来往的朋友。如此想来,这更应该算是一种淡淡的幸福了。

我时常想,幸福,也许真的太平淡了,所以总是被自己忽视……

前天晚上,老公在单位上通宵值班,彻夜未眠,昨天又继续上班,晚上感觉太累,便早早入睡,但没想到今天早上,还是没能被闹铃的响声吵醒而睡误了时辰。同样我也因为昨晚休息较晚,早上醒来时才惊慌地发现,离儿子上课的时间已经不足20分钟了。

我在慌乱中叫醒儿子后,接受着他的一连串责备和抱怨:“爸爸累了没有睡醒,妈妈你今天怎么也不叫醒我呢,我上课都要迟到了,再别说出去锻炼身体了……”

忽然觉得自己今天作为母亲实在是太不称职了。大多时候早晨主要有老公操心孩子的事,自己也没觉得什么,起床想早就早,想晚就晚,想出去锻炼就出去锻炼,不想出去时就在家里懒散地梳洗或者准备一下简单的早餐。但是今天,似乎有点乱套了。

虽然被儿子埋怨着,自己心里倒觉得好受了许多,匆匆给儿子弄好早餐,哄着他吃完后才让他上学去,当然,今天上午他错过早读课的时间肯定是必然的结果了……

儿子走后,我看着还没有睡醒的老公,考虑到离上班还有一些时间,也就放弃了叫醒他的打算。

忽然觉得,原来自己一直生活在幸福之中,却从来没有清醒地意识到自己拥有这种幸福。

二〇〇八年十月十日

清香的蒲公英

近段时间忽冷忽热的天气变化，导致风沙入侵，一来二去的，我的吸呼道就开始感染，嗓子发炎且疼痛难忍。半个多月来婆婆时不时把她采挖的蒲公英给我送过来，并且都已经洗干净煮熟。婆婆告诉我，她从附近果园中采来的这些蒲公英，既是中药，又是纯天然的绿色食品，听老中医说吃了可以清热消炎解毒，对治疗上呼吸道感染和急慢性咽炎都有很好的效果。

婆婆说的话很有道理。作为一个农学士，我早就知道野生的蒲公英含有丰富的蛋白质、脂肪、碳水化合物、微量元素、维生素 A、C 及其矿物质等。其实自己周围也有不少人每年春季都要吃蒲公英，而我一直觉得它可能太苦了，所以一直也没有品尝过。婆婆说蒲公英可以生吃、炒食、做汤、炝拌、做馅包饺子或包子等，希望我能吃一些。看着婆婆辛辛苦苦采挖回来又费功夫清洗煮熟的蒲公英，我决定开始吃它，其实只要放一点油、盐、醋和味精等，很容易就做成了一道凉拌菜。

真没想到在入口的瞬间，一股清香已扑鼻而来，蒲公英那股淡淡的苦味反而把来自泥土的那缕纯天然清香，调和到了极致，一时间顿觉清香爽口，风味独特。平时一日三餐常吃的那些绿叶蔬菜，此时真的无法与它相提并论，我真没料到蒲公英的浓浓鲜香和淡淡清苦，与我原来想象的感觉相差甚远。

我在春天一直特别留意蒲公英那金黄色的花朵，看它虽然没有桃李的娇艳，也不具备玫瑰月季的芬芳，但它总是早早地传播着春天的气息，散发着顽强的生命力，无论在田间草地、沟谷山坡、路旁河畔还是戈壁荒漠，都能够金灿灿地绽放，让人感觉处处春意荡漾。偶尔的日子我也会童趣大发，满满地采摘一把拿回家，插在花瓶里独自欣赏。

莫明地喜欢这样一种草花，也许是因为自己早就知道，蒲公英开放出的充满朝气的黄色花朵，花语是“停不了的爱”。的确，蒲公英在花开过后，种子就像一把小小的降落伞，随风飘落安家，孕育新的花朵。“花罢成絮，因风飞扬，落湿地即生。”就是对它的真实写照。

另外，关于蒲公英的名字，还有这样一个传说：在很久很久以前，有一个十六七岁的大姑娘患了乳痈，乳房又红又肿，疼痛难忍。但她羞于开口，只好强忍着，这事后来被她母亲知道了。当时是封建社会，她母亲又缺乏知识，从未听说过大姑娘会患乳痈，以为女儿做了什么见不得人的事。姑娘见母亲怀疑自己的贞节，又羞又气，更无脸见人，便横下一条心，在夜晚偷偷逃出家园投河自尽。事有凑巧，当时河边有一渔船，上面有一个蒲姓老公和女儿小英正在月光下撒网捕鱼。他们救起了姑娘，问清了投河的根由。第二天,小英按照父亲的指点,从山上采回一种好草,洗净后捣烂成泥,敷在姑娘的乳痈上,不几天就痊愈了。以后姑娘就把这种草带回家园栽种。为了纪念渔家父女,便叫这种野草为“蒲公英”。

这个故事我早有听闻，但并没有在心里留下太多记忆,如今当自己亲自品尝到它的天然清香时,记忆的碎片刹那间重组在一起。说来也怪,我吃了几天的蒲公英后,呼吸道不再红肿,嗓子也不再火辣辣地疼痛难耐。

也许蒲公英的缕缕清香从此便伫留于我的记忆中,永远挥之不去，就像婆婆的关爱一样，早已深藏在我的心中,不知不觉间延续着我早逝的母爱……

第五辑

一路风情

彼岸的记忆，如一朵晶莹的浪花，默然开在遥远的天涯。无数次，伸出一双纤纤细手，掬起的，是永不破碎的水滴。

心海的你，是一抹无法释怀的记忆，偶然投影在我的海底。无数次，鼓满一帆款款风情，归航时，载回深蓝浅蓝的相思。

我的绿色情结

三月,时断时续的几场沙尘暴,一下子就把早春的气息赶得无影无踪了。在见不到太阳,只有灰尘的日子里,我不由自主地怀念起了绿色,想起了那些在城外戈壁滩边缘的防护林区植树的日子,同时也想起了绿色在我生活中的点点滴滴……

在儿时的记忆中,总觉得绿色注定和我是十分有缘的,酷爱绿色的母亲总是选择各种深绿浅绿的服饰来装扮童年的我。印象中最深的就是妈妈亲手为我做的那双绣花布鞋:草绿色的鞋面,上面绣着粉红色的梅花,花瓣逼真,鲜艳夺目。每次穿上这双做工精美的绣花布鞋,我总是在心里想:梅花应该算是世界上最美丽的花儿吧!如今想来,也许是因为那绿色鞋面的衬托,才使得粉红桃红的丝线绣出的梅花显得如此鲜活,如此饱满。

记得在小学三年级第一个学期的开学典礼上,我第一次被老师和同学们推选为本年级学生代表上台发言时,妈妈专门为我做了一件浅绿色的碎花衬衣,色彩淡雅,大小合体,穿上它的时候,我忽然就感觉到自己紧张激动的心情渐渐平静了下来,站在主席台上,面对全校所有小学和初中的老师和同学们，我那清脆流利而富有感情的发言,赢得了阵阵热烈的掌声。

那一天,我觉得自己穿的衬衣特别漂亮,淡淡的绿色,使我的心中诞生了绿色的希望和梦想，我也第一次感到,自己的声音原来也很动听。从此,绿色就像春天刚刚萌芽的小树苗,在我的心中渐渐地扎下了根。

升入高中时,父亲给我买的那条裤子是军绿色的。考入大学时,自己也是穿着果绿色的毛衣去报到的。

第一次遇到老公的时候,是在春天的一个早晨,恰巧那天穿着一件自己亲手编织的墨绿色毛衣,下摆和袖口周围还编织有白色的小树图案，整件毛衣看起来清爽典雅,大方耐看。

我至今还记得,在婚后不久的一天,老公忽然以开玩笑的口吻说:"你知道吗,第一次见到你的时候,我首先喜欢的就是你穿的那件毛衣，我在想一个喜欢绿色的女孩子,一定是热爱生活、富有朝气的人。"老公看着我笑了笑:"当然了,一定也很细腻和多情。"

"多情?准确地说应该叫感情丰富,绿色本来就是涌动着生命活力和诞生希望梦想的颜色。难道你不喜欢绿色?"我一着急就大声地对老公说。

"喜欢啊,不喜欢我们干吗还要养这么多花草?"老公看我着急了,就一本正经地说。

其实比起我来，老公对大自然中绿色的喜爱真可谓是“有过之而无不及”，无论我在家里养些什么花花草草，他都是大加赞赏的，因此我们在“爱绿”方面，从未发生过任何的争执。

大西北的这片土地，最需要的恰恰也是绿色，每当看到片片戈壁荒漠渐渐被染绿时，心中总有一种莫明的感动。四月，正是大西北植树的好季节，当自己每年在戈壁滩边缘，迎着干冷的春风，与单位上的同事们一起，种下一棵棵小树苗的时候，心中的绿野便随之拓展得很宽很广……

真期盼能有那么一天，大西北的戈壁荒漠全都被深深浅浅、或浓或淡的绿色所覆盖，那么生活在这里的人们就会永远告别被沙尘暴袭击的日子。

那时，我更要大声地说：“我爱你，绿色，因为你是生命和希望的颜色!”

一汪湖水

金沙碧海水连天，云彩霞光森似烟。墨客游人歌唱晚，鹭鸥翔处舞翩跹。

一汪湖水澈如泉，遥望轻舟浪上穿。潋滟波光风送暖，恢宏柔美境犹仙。

——题记

持续数日的高温，让人不由自主想到了“金沙滩”那一汪湖水。

早晨出发，天气还算清凉，当“西部明珠金沙滩”的醒目标志出现在我的眼前时，新修的柏油路两旁的芦苇丛也随之映入眼帘。接近旅游度假区时，前方那片水天一色的蔚蓝，使人恍惚中感觉自己正在走向浩瀚无边的大海。回头再看那些伫立在眼前错落有致、玲珑幽雅的别墅，大大小小、各具特色的商店和餐馆，以及商家摆放出来的五颜六色、花花绿绿的游泳装和救生圈等，才确信自己真的到达了新疆和硕的金沙滩。

八月初的天气，依然燥热难耐，也许是看到那一汪碧水的缘故，度假区周围烧烤般的灼热感，让游客觉得只有跳到湖水中才能得以缓解。脱掉鞋子，双脚踩在金黄细绵的沙滩上，一股热浪瞬间从脚底传遍全身，诱惑着游人快步走进清澈见底的湖水中。在灿烂阳光的照耀下，暖暖的湖水极尽天然浴场之风情，让身着泳装的人们尽情投入其怀抱，忘情地嬉水玩乐。

站在烟波浩淼的湖水中极目远眺，静赏岸边起伏的沙山绵延两千多米，缓缓伸向遥远的天际。阳光下碧波荡漾的湖水在灵动间似乎具有海之神韵，时而鸣叫的几只海鸥和白鹭不停地在远处芦苇荡中盘旋飞翔，萦绕于蓝天湖水和游船间。快艇过处，溅起晶莹的浪花，让人充分体验到水上冲浪那种有惊无险的激情和浪漫。

快乐亲密的情侣和友人们缓缓地划着游艇，一边观赏水上降落伞，一边细诉浪漫的心语，自由自在的将真情爱意洒向美丽的大自然。偶尔间，偷听了温馨细语的小鱼儿，也忙里偷闲过来凑个热闹，游来游去想吸引人们的注意力。相互拍照留影的亲朋好友，开心随意地摆出各种自信优美的身姿，以充分张扬自我个性的方式来放松身心，消除日常工作和生活中的疲惫和烦恼。此时我们不禁要惊叹于大自然的神工巧雕，让粗犷恢宏的戈壁沙漠中，绵延数千米的金色沙滩与蔚蓝湖水衣带相连，在柔美入骨的神韵中，将这一刚一柔的天然沙水雕琢得生趣盎然，和谐无比。

傍晚，当落日成金的夕阳余晖伴随着翩翩归巢的飞鸟，慢慢消失在水沙一线的天际时，游兴未尽的人们禁不住神思飞扬，产生许多美妙的遐想。十年前的这里，“一汪湖水”显露的是“西海子”芦苇丛生的原始风景，十年后的今天，曾经的湖水已历经变化，成为游人心目中“美丽的海滨”。那么再过十年、百年甚至千年，眼前这片如梦如幻的碧蓝能否依然如故，或者更加澄澈？

天色渐晚，当意犹未尽的游人们恋恋不舍地从水中走出来时，不由自主都想在这里品尝一下风味独特的沙滩鱼宴。细算下来，一桌鱼宴全部摆出来可能有三十多种，琳琅满目的特色鱼的吃法至少也有二十多种。只要你想消费又能够消费得起，鱼宴的风味肯定是独一无二的，不过商家给出的份量绝对是“精巧细致”的。常言道“秀色可餐”，也许来到这里的人们在观赏游玩过这“西部明珠”——“新疆夏威夷”的绝色美景，一饱眼福后，将胃的强烈要求也暂时可以放在第二位来考虑了。

友情提示：和硕金沙滩旅游区位于新疆巴音郭楞蒙古自治州和硕县，地处中国最大的内陆淡水湖博斯腾湖东北岸，距乌鲁木齐 369 千米，是新疆维吾尔自治区旅游资源开发战略“五区三线”中的一个知名景区，也是新疆新开辟的夏日旅游胜地，浴场地质为金黄色的细沙，故称“金沙滩”。因湖水清澈，沙鸥翔集，又被称为“新疆的夏威夷”。来到这里，你会惊叹于大自然鬼斧神工。粗犷恢宏的戈壁沙漠中，绵延数十千米的金色沙滩与尉蓝的湖水衣带相连，柔美入骨，一刚一柔，如此和谐。1999 年 7 月，新疆维吾尔自治区党委书记王乐泉同志在检查指导金沙滩旅游区开发建设情况时，被这里优美的自然风光所吸引，欣然题词“西部明珠金沙滩”。

春天不再遥远

冰清玉洁的雪，孕育万紫千红的热烈。一缕梅香，将所有的冬韵收藏。凝听，雪落梅红。

凛冽苦寒中，春的萌动。有色，有声。

——题记

叶落满地的清晨，倏忽间感觉到，冬天的脚步已经临近。和以往的任何一个初冬没有任何区别，岁月如奔腾不息的流水，绵延悠长。徜徉在时间的彼岸，没有人能谙悉前世今生的轮回。

一片落叶，捧于掌心，也许浸润着唐诗宋词的古韵清香。悠悠的历史长河中，无数文人墨客伤春悲秋的沧桑忧郁，伴随着风花雪月无言而逝。

桃红柳绿，百花争艳，千树万丛在灿烂了一季之后，最终要归于脚下的土地，零落成泥，这就是大自然无以抗拒的必然；功过事非，爱恨情仇，在看过经过醉过痛过之后，最终会飘散于苍穹玉宇，这是每一个凡夫俗子无以摆脱的宿命。

别离春花，送走夏绿，零落秋黄，冬日，似乎还残留着淡淡的花香，浓浓的果味。伴着秋霜与寒流的气息，冷静地梳理着纷乱浮躁的思绪。

春华秋实，人生的春天里，用心播种了什么，秋天的田野里一定会有真情的诉说。天长路遥，往事如烟，在平平淡淡中穿行走过时，沿途的风景早已变化万千。无论一路上欢歌笑语，还是多愁善感，最终留下的，不过是一份平素淡然，任天涯海角走遍，离开时万水千山风情依然。

初冬的阳光，难得如此温暖。走出家门，我所熟悉的几个老人，依然带着“红袖标”坐在住宅小区内休闲的小亭子旁边，恬然自得，无拘无束地谈论着家长里短。春夏秋冬，此处已定格成一道熟悉的风景。恍惚间，感觉他们已经步入人生的深秋，准备迎接寒冬。眼角的皱纹重叠着四季的姹紫嫣红，渐慢的步履试图挽留远去的花繁叶茂。沧桑历尽，时光纵逝，大半生的辛苦忙碌，存储着太多的爱与能量。那点点滴滴萦绕于怀的深爱，足以化作丝丝缕缕的暖意，抵御严冬的凛冽。

冬天，飞舞的雪花中，正孕育着洁白的雪莲、红艳的梅蕊，还有等待在春天盛开的永远美丽的希望。

冬天来了，春天不再遥远。

岁月的年轮

许多年了，不知什么原因，我时不时会做一些内容十分相似甚至完全相同的梦：

上课的时间快到了，我心急如焚地奔跑在通往学校的路上，十分疲惫，却一直不停地跑着、跑着……

考场上，老师宣布剩下的时间不多了，而我却还有一道题没有做完，使劲看呀看的，就是怎么也无法看懂题意和内容……

妈妈带我在外面开心地玩着玩着，忽然间我就找不到她了……

就这样，许多年来，在不同的日子里，我不止一次地重复过以上相同的梦境。

就这样，许多时候，在不同的心情下，我不止一次地追忆起那些往昔的故事。

悠悠岁月，在我的记忆中，始终抹不去的是门前那条十分难走的土路。

那时，小小的我每天背着小书包，来回四趟地行走，春夏秋冬，寒来暑往；日复一日，年复一年。最初的印象中，勤奋好学的我，虽然深得老师的喜爱，却总是那么担心上课迟到，害怕受到老师的批评，因此十分单薄瘦弱的我，总感觉那条路是如此漫长。记得那时我上小学，其实那条路只不过两千多米长。

渐渐地我长大了，依然是来来往往，每天四趟。虽然那条土路因为铺上了沙石而不再尘土飞扬，但在每天清晨忽然失去母亲叫我起床的声音后，我变得更加担心迟到。不过那时依然纤细柔弱的我，已经感觉到那条路不再那么漫长。清楚地记得那时我上初中，其实那条路还是两千多米长。

我还记得在一个九月初的清晨，我依然踏着那条路向前走，从此开始我的高中学习生活……

上高中在县城住校的日子里，我很少再走那条路，也不用再担心上课会迟到。但那时的印象中，记忆最深刻的是一次又一次的考试和一张又一张的高考模拟试卷。那时我每个月回家一次，每次回家还是走那条路——通向家门的那条惟一的路。

同样，在我去上大学报到的那一天，哥哥替我拿着行李，和我一起走在那条路上。那天，一向不善言语的哥哥，说话很多很多。那天，我忽然觉得那条路其实很短很短。就在我上车后转过头的那一个瞬间，看着哥哥牵挂不舍的目光，我第一次感觉到，走过这条路，故乡将会离我越来越远。

从那以后，我总是在假期和开学的日子行走在那条路上……

渐渐地，那条路变得越来越平坦，越来越宽敞，越来越整洁。但是我记忆中那条路最初的模样，却像一棵深深扎根的大树，早已生长在我的心田里。

只是，多年后的今天，我的脑海中时不时仍要重复那些相同的情境：那条土路，那个考场，那些试卷，还有妈妈的笑容和叫声……挥之不去，无数个月夜，始终萦绕和装扮着我的梦境，那么记忆犹新，那么令人难忘。

也许，这就是成长过程中，岁月留下的一个个清晰的年轮。

老房子和我的新房子

九月，秋高气爽，又是一个瓜果飘香的收获季节，转眼间我和爱人已携手走过整整七个春秋，在经历了两千多个无论平静还是风雨的日子后，记忆中抹不去的仍然是最初居住过的那个小院和仅有二十多平方米的小屋，尽管几经搬迁，小屋已被拆除，但院中那树，门前那草、那林带、小桥，时不时还萦绕在我的脑海中。

世纪之交，当自己生活了5年的住宅区变成一片休闲广场和绿树草坪时，我家也终于办理好按揭贷款，购买到一套90平方米的新楼房并乔迁了新居。欣喜之情自不用说，最初的日子，时不时还会逗逗儿子："我们的新家好吧？"

"妈妈，还是老房子好，那里有绿草草，有文官果树，还有小渠沟和小木桥，可以玩水，这儿不好玩。"儿子失落的表情和说话时那无精打采的样子，使我禁不住发起呆来。

老房子，那可是儿子孕育、出生和成长的地方。春天，小院中那棵文官果树上，满枝盛开的白花成为一道美丽的风景，繁花谢后，串串果实缀满枝头，与儿子心中的美好向往一起成长。我和爱人常常抱着儿子，站在树下，逗弄儿子伸出小手摘果子，做游戏，而直到冬季仍然留在高高枝头上的几枚文官果，一直是儿子心中最美的图画和希望：何时，自己那双小手能够亲自摘到果实呢？

而此时，眼前这块新落成的住宅小区，毕竟才刚刚起步，绿色暂时还离我们较远。

冬去春来，夏季又至。不知不觉中我们的小区"动"起来了，修花园、栽树木、种花草……当鲜花绽开、绿草青青时，成群的孩子开始在草坪边奔跑嬉闹，乐而忘返。不经意间，那惹人的绿色又离我们近了，儿子渐渐在楼下的草坪上玩得不愿意上楼了。偶尔，吃饭时我和爱人呼唤儿子的催叫声已被玩耍的小朋友们所熟悉。当我再次问儿子我们的新家好不好时，儿子说现在真的好多了。

临近中秋的月儿快要圆了，我记忆中的那个老房子，那草，那树，依然时不时装扮我的梦境。而眼前这欢笑，这绿意和我的新房子，却让我时时感受到生活的变化和家园的温馨，使我在每一个平凡的日子里感到生活的充实和幸福！

二〇〇二年九月二十二日

你是我的好朋友

融融春意，在转身那季，盈怀。染绿春雨，波动涟漪，你眨着媚眼走来。深深姹紫，淡淡嫣红，芬芳着，于我心中次第盛开。

江南，田田的荷，滚动滴滴心事。摇曳着，夏秋穿越，亭立成无语的诗言。

塞北，皑皑的雪，飞舞冰清玉洁。涩涩酸酸的怀想，点点片片，凝成惺惺相惜的无悔。

漂泊，流浪，驻足，徜徉。相逢的文字，点亮金黄。来时，烟雨迷茫。归途，飘洒墨香。

守望，我一直是那棵，纤纤瘦瘦的草花，日日的浓情，滋润我静悄悄绽放一朵，馨香的丽葩。

停留，因你那季款款地路过。我的心，终于结出一个丰硕的理由。

——题记

就在电脑成为现代人办公的必备工具时，我不经意走进感觉中遥不可及而又近在咫尺的网络世界。从小到大一直喜欢写日记的我，有一天忽然发现，利用网络平台记录自己的心情文字，实在方便快捷而又精彩无比。

五年前，当我第一次把自己的散文随笔作品发表在一个原创文学网站时，不知不觉中自己已走入“网络写手”的行列。读文、发贴、讨论、交流……经过一段时间的细心观察与学习实践，我终于申请了自己专用的 QQ 号。休闲的日子里，偶尔就有“网络生活”相伴。面对密密如丝的网络世界，除了新闻信息外，我光顾较多的，是一些原创文学网站。因为从我发现自己特别想看书而又“买不起书”的那一日起，在网络上看自己喜欢的好文章，就成了一种业余爱好和习惯。当然，高兴时我也会把自己随手涂鸦的文章发表到一些喜欢的网站上去。在网上留下痕迹的同时，不但记录了当时的心情，也刻画着岁月的面孔。

至今我还清楚地记得，2006 年 2 月 2 日，我在“红袖添香”原创文学网站以网名“梅蕊儿”注册，开始发表近几年来自己原创的一些散文随笔和诗歌作品，并形成个人网络文集《爱的人间烟火》。转眼间春秋几度，在那里我“认识”不少陌生而熟悉的文友，在他们默默地相伴下，墨香盈怀，一路向前。

“雪夜蓝天”是我在“红袖添香”原创文学网站上遇到的第一个“贵人”。之所以称其为贵人，是因为他在网络世界中给予我不少的帮助和指点。

记得初次“碰面”,是从他发给我的一封电子邮件开始的。原因是他在别的网站上看到跟我所发表的内容相同的文章,只是作者不同,他怀疑是别人抄袭了我的原创作品……其实,那是我在另一个网站上以“梦儿千千”为注册名发表的同样一篇文章。当时我心里就有说不出的激动和欣慰,第一次感觉到在网络世界中被人关注的快乐和自信。以后的日子,通过相互交流创作体会,我逐渐意识到自己思想的单纯,文笔的稚嫩,以及网络知识的欠缺。网上相遇,我时不时向他询问一些自己不懂的网络知识,他总是热心相助,耐心讲解,竟然让我误以为他比我年长几岁。几年后我才知道,年轻有为、较早走上领导岗位的他,只比我大几个月。我时常想,他能够在繁忙的工作之余,保持一颗如水文心,实在不易。

在“红袖添香”网站注册不久,我就遇到了“玉指停芳”。她在此网站的注册名叫“芳草雨”,个人文集链接中,我是她的“惟一”。不多的几次交流,却很投缘。听了她的网络故事后,我再次被网络世界中那份纯美的情感所打动。我知道惟有心怀诚意、善于付出的人,才有可能得到。也只有心灵纯美、从容淡定的人,才能在网络世界中享受惺惺相惜的情谊。玉指停芳留给我的,就是这样的印象。她文笔的优美,对古诗词的专业化研究,以及所掌握的网络技术,让我对她始终像姐姐一样喜欢,老师一样尊敬,朋友一样坦诚。打开她的新浪博客,总是给人诗情画意、声色并茂、耳目一新的灵动感。

与"衣袂飘飘"的最初相遇，是看了她 2006 年 10 月发表在"红袖添香"文学网站上的《哭三毛》，我看后就有所触动和感悟，甚至静默下来沉思了片刻。因为我一向喜欢看三毛的作品，随之欣赏三毛的才情、浪漫、执着和洒脱，继而喜欢解读这位女作家的情感世界和多彩人生。衣袂飘飘在《哭三毛》这篇文章中，用优美细腻的文笔，表达了自己对三毛深沉的哀思，其深沉婉约的情感，让读者看后不由自主为之伤感落泪，勾起无限回忆。于是我不由自主打开了衣袂飘飘的文集，用心阅读她笔下的岁月。没想到一份平淡自然真实宁静的生活，在她的笔下变得闪光精彩而富有诗意，宛如小桥流水般穿过我的心田，引领我静赏一道道温馨而又浪漫的独特风景……

彼此加为 QQ 好友后，网上聊天次数虽然不多，但毕竟相互读过对方的网络作品，倒也并不陌生。2007 年 12 月底我惊喜地收到了衣袂飘飘（颜婧）出版的第一本散文集《泪吻》。透过此书，我读懂了一位三十六岁女子的亲情、爱情和友情故事，看到了一位知识女性成长的足迹，更知道了作为母亲、妻子、女儿、外孙女和教师的这位现代女性，具有怎样温柔善良与宽广的胸怀和从容淡定的心态。以后的日子，偶尔在 QQ 里碰面，或者在博客上相遇，休闲时交谈几句，始终感觉情淡淡，心融融，一切安好。

我对"烈华"老师开始关注时，这位老兄在"红袖添香"网站上已经"小有名气"了。关于这点，从那些欣赏他作品的“粉丝”对其作品的评论中就完全可以体味出来。记得2007年6月初，我写了一篇《我们干吗要对于丹那么苛求》的文章发表在红袖添香网站后，对于丹教授“情有独钟”的烈华老师，已经读完《论语心得》，在“红袖添香”网站发表了几篇相关文章，还邀请网友进行相关讨论。当时他顺便把自己发表的与此有关的文章，即《关于“‘于丹现象’讨论”的总结报告》，以评论的形式贴在我的文章后面。我仔细读过后，觉得烈华老师思想之深刻、文笔之凝练，是我所望尘莫及的。于是我情不自禁打开他的文集开始阅读，同时也不由自主开始解读他文字后面丰富多彩的人生阅历。

2007年9月，我收到烈华（张福华）刚刚出版的杂文集《谁扼杀了我们的自信》，欣喜激动的心情难以表述。亲切自然、朴实无华，将深刻洗练为通俗，将浪漫演绎为质朴，这就是烈华作品的风格。“文如其人”，我素来是倾向于这种观点的。时至今日，虽然我和烈华老师同在新疆，但除了熟悉他的作品并知道他是一位刚刚退休的特级教师外，我们所有的“交往”也仅限于“红笺小字”的联系。我在阅读其作品的同时，深深感悟他所经历的六十多年丰富人生。

记住“梅影无痕”，纯粹是因为他对我发表在“红袖添香”网站上个别作品的个性化留言。素以为自己的文字，仅属休闲娱乐时随意敲下的心情片断。因我一向喜欢翻动书页的感觉，也喜欢敲击键盘的声音，所以偶尔的闲来无事总习惯于拾缀光阴的碎片，粘贴成岁月的脉络，以触摸并记录自己一路走过的瞬间心情和平淡生活。然而梅影无痕却认真地阅读了我的这些拙作。

网络世界中来来往往的人实在太多太多，时时刻刻层出不穷的新作不断涌现，处处让人眼花缭乱。太多的评论只是出于礼节形式或随意而语，或者问候，或者鼓励，或者纯是路过，想留下自己曾经阅读的痕迹。但是梅影无痕的评论，一看便知是认真阅读后留下的真诚文字，有鼓励也有含蓄的批评，有问候更有真诚的祝福。2008年春天，不知为何我忽然萌生了创作古体诗词的想法。此前自己只是喜欢在古典诗词中徜徉，领略唐诗宋词的独特韵律，在诗情画意中培育想象的翅膀。初写时，连自己都觉得有点牵强附会。而对古体诗词很有研究并写了许多成熟之作的梅影无痕，给了我很好的指点。

因为他自言打字较慢，一般也不用QQ聊天工具。除了针对原创作品的公开化评论外，我们只能通过“红袖添香”网站的“红笺小字”进行留言问候。每次收到我的问候，哪怕只是简单的一句话，他都会用心给予我回复，并一直喜欢称我为“兄台”，虽然他知道我是女士，并且年长于我。在我心情处于低沉状态时，手指下流淌的文字难免被赋予淡淡的忧郁。此时他就会以开玩笑的形式给我留下一些笑话……看到他发给我的那些笑话，我总是轻松而开心地笑。也许并不是为那些笑话本身，只为遥遥的他，对我远远的这份关注、友爱和问候。易感的我顿觉心情激动，且有泪花盈眶……

2008年12月30日，为了祝贺我的生日，梅影无痕创作了《七律·赠梅蕊儿(藏头诗》 ·

祝君乘鹤下昆仑，梅到人间天下春。蕊色清雅笼洁净，儿童乱点溅天真。

生涯处处展眉笑，日子天天老酒醇。快意人生无尽处，乐将笑语作珠珍。

附注：忽晓今天有喜事，梅花窗外蕊新初。拙诗微意不成贺，遥问蕊儿有酒乎？

在诚挚的情谊面前，总感觉任何言谢的文字似乎都显得苍白无力。但我深知，自己对他的谢意和祝福却是真真切切的。

“雨花生”，一个以“忧郁”作诗的三十多岁的年轻教师，敏感善思而多愁的性格，灵动飞扬的文字，颇有自己独特的风格。记得在2008年5月底的一个晚上，我第一次于网络世界中走近雨花生，欣赏他送给我的诗歌《写给梅蕊儿》

实在没想到/于五月/能从忧伤的泪痕中/看到你清朗的文字/抱着试试看的态度/看能否做你知心的文友/你却用宽厚的胸怀/接纳我/一个文学上徘徊的游子。

说是疏影横斜吧/说是暗香浮动吧/说是含苞待放吧/也说是/花的香藏在花蕊中吧。

那么/请你安排一个季节/相逢的季节/好吗/就在这栀子花开吧/到时/逢上你清朗的笑容/亦如你清朗的文字。

而我 / 准备了一切。

认真读过这首诗后，我当时就打开他的个人文集，此时他已创作几百首诗歌，发表在“红袖添香”网站上。以后的日子，我时不时关注他的作品，在“中年文学”群相遇时，总是喜欢欣赏他随意聊天、现场作诗的浪漫才情。半年时光匆匆而过，淡淡情谊留在心里，我根据他的作品风格，以他的网名为题送给他一首诗歌:《你的名字，你的诗》

雨（四季 / 在数载轮回中 / 悄然改变着 / 青梅竹马的模样 / 成长的孤寂 / 如绵绵细雨 / 把一路的杨柳染绿。）

花（读你 / 在雁过月寒里 / 你的文字 / 是丝丝心雨 / 催开满目的花 / 盛在相逢的那季。）

生（你洒落的忧郁 / 浸满晶莹的泪滴 / 如点点繁星 / 在异域的心空 / 随缘而生。）

在“红袖添香”网站上发表诗歌最多的人，应该是“悟世居主人”。感觉中他似乎是为诗歌而生的，每天都有不断闪现的灵感和抒不尽的诗意。我很喜欢他赠送给我的词《蝶恋花·赠梅蕊儿》

风剪梅枝融雪景。香蕊随风，漫染西山岭。百里银装真梦境，让人入梦不知醒。

梅俏早春欣雨迎。小径怀幽，暗谢垂枝影。琴瑟声声更漏静，无眠记忆灵犀应。

“好朋友”是一位清华大学的才子，已出版有十余本专业书籍，令我赞叹。年近五十，忽然对古诗词“痴迷”

起来，像研究学问一样开始了深入细致地“玩味”。注意他是因为其作品中描绘许多新疆风情，流露出一位游客对西域风光和大自然的无限热爱……正如他说的那样，不但要把自己的知识与才干奉献给社会，更希望把自己的思想和情怀用文字表达出来。不多的几次QQ聊天，使我感悟到好朋友人生阅历之丰富，爱好之广泛以及对亲朋好友的宽容友善。在我生日那天，收到他送给我的礼物《七律·赠梅蕊儿》

梅蕊飘香增岁新，红烛美酒贺良辰。欢歌月落迎朝日，瘦笔腾去做贵宾。

旷野羔羊能醉客，白山骏马是知音。囊中羞愧赠薄礼，一缕情思寄丽人。

欣喜于这份“薄礼”的同时，我回赠给好朋友（“红袖添香”网站上注册名为“小雏”）一幅对联：

小鸟高翔，翼揽云霞惊日月；雏鹰展翅，志存昊宇寄星辰。

在网络中最忙的人，应该是“浪子阿君”。走进他设计的网站时，自然而然就会接近他本人。冷静、淡漠、理性，是他最初留给我的印象。也许正是他这种令人“不敢恭维”的态度，让心怀不解的我开始进行好奇地“探询”。于是，我知道了他为新疆设计的几个网站，读懂他原创作品中的纯美故事，也深深地理解了他对我说过的一句话：既然认识了，就好好珍惜！一路同行的日子里，我们相互鼓励，相互鞭策。因缘相遇，因文相识，因情相惜。2008年5月，浪子阿君推出他最新设计的、融文学与情感为一体的“中年网”,我有幸成为中年网的“总编”。从此我的网络生活中,又增添一项崭新的内容。人生旅途中,又多一道靓丽的风景。

“物以类聚,人以群分”。我认为这句话用在网络时代的QQ群里,是再恰当不过的。进入21世纪,网络生活已经成为我们现实生活的一部分,因此,网友也是一种朋友。“中年文学群”因“中年网”而生,自2008年5月建群以来,渐渐聚集近二百名热爱生活、爱好文学的中、青年朋友。日日相伴中,情谊越来越浓。工作之余,聊天交流,偶尔调侃逗乐,或者作诗填词,和诗应对,谈论创作体会,大家在其乐融融的氛围中,放飞心灵。

2008年12月,在我生日到来之际,为了答谢群友对我的生日祝贺,我为一部分群友创作了以下对联:

1. 浪子阿君:浪迹天涯,踏遍千山情未老;网联海角,引来万友景常新。

2. 拥抱阳光:拥山环水霞光赏,抱玉怀金旭日迎。

3. 大山:大地春长流秀景,山川锦绣寄诗情。

4. 诗音:诗缀青春涂画卷,音歌事业奏琴弦。

5. 九寨人:九寨天堂,墨染河山添秀色;人间仙境,笔描沧海撰华章。

6. 月影香袭魂:月影轻摇诗入梦,花香溢袖韵袭魂。

7. 鱼读月:鱼跳龙门临喜事,月拂丹桂庆团圆。

8. 水仙:水潺山翠香盈路,仙醉客欢霞满天。

9. 匡子：匡扶乱世才华溢，捍卫国疆韬略涌。

10. 无腔无调：无边诗韵抒情调，有品人格聚雅贤。

11. 阳光宝贝：阳光灿灿千秋照，宝贝姣姣万代荣。

12. 门边过客：门边翠竹清心志，世外桃园荟雅情。

13. 芳草：芳草青青春色秀，和风暖暖友情长。

14. 季候风：无限风光前路广，有生岁月友情长。

15. 秋月红枫：秋高气爽吟江月，红远绿疏赏晚枫。

16. 无为子：吟风弄月才无尽，舞墨秉书事有为。

17. 与心同在：中年网友与心同在，宝贵时光因趣结缘。

另外，我还为部分群友创作了诗：

1.《七绝·赠风过疏竹》（风扬细柳满天春，过逝流年岁月缤。疏影清心书雅趣，竹枝入墨品当珍。）

2.《七绝·赠馨羽兰蝶》（馨香一缕溢春秋，羽翼丰盈彩练悠。兰质慧心诗颂雅，蝶飞昊宇艳霞流。）

3.《五绝·赠松风泉韵》（松海溢清香，风鸣伴月光。泉澄山水秀，韵雅自流芳。）

4.《七绝·赠江南一粟》（江帆点点昊天来，南雁飞笺淡月开。一纸墨香书锦绣，粟融沧海展雄才。）

5. 迎风踏浪：《一面之缘》（太阳总是红着脸，羞羞地约我见面。这样的夏天，从未间断。月亮总是携着光，在窗前摇晃。我凝视着屏上，熟悉而陌生的面庞，在亦真亦幻中时而清醒，时而迷茫。

你迎风踏浪而来，揣着久违的情怀。在这样一个太阳脸红的季节，月亮映辉的夜晚，流连忘返。逢你，在月光清柔的屏前,路上,可否会彩霞满天?)

流年似水,岁月留痕。转身的刹那,心中已有些许的牵挂。回首间,再次想到"红袖添香"网站的编辑井玉强、醉里笑秋、阿戈等人,都对我的文章进行过精心的编辑与评论,在我文学创作道路上给予过默默的帮助与支持。

还有许许多多的文友,比如:退休后一直笔耕不止、喜欢写古典诗词的"化谷叟"老师;思想深刻、写作态度严肃的"天涯望月"老师;热情博爱、文字明媚的"侯开青";思路开阔、文字灵动的"红杏之泪";擅长写杂文且文笔犀利的"大路白杨";在散文创作方面具有一定功底的"诗剑琴韵";观点新颖、思想尖锐的"高山猎手";写作手法幽默风趣的"红尘了了";文风朴实、乡土气息浓郁的"翔之";文字清新优美的"一帘幽梦";在文苑中如一朵小花静静开放的"妩荑";诗词风格婉约浪漫的"沙漠晨曦";充满青春活力、诗情飞扬的"布谷催耕";观点独特、行文流畅的"稷下门生";文心若水、诗词雅致的"无腔无调";敏感内秀、勤学善思的"蓝精灵"……他们都对我的拙作给予过很多的关注和厚爱……

路悠长,情未央。此刻,我只想把缕缕思绪化作诗行,献给伴我一路同行的朋友:

《蕊儿,只为你红》

五月,你的热情,将春眠的我唤醒。朦胧中,撞进你失落的心梦,拾起久违的诗盅,吟尽相逢。

六月,你的浅唱,催我为你开放。一米阳光,穿越尘封的心墙，刹那间光芒万丈。

七月，你的深意，刻在我的心里。云蒸霞蔚般挥之不去。

八月，你的浪漫，绵长悠远。如潮之心，再次为你扬帆。

九月，你的轻愁，萦绕在我心头。寂寞如我，欲走还留。

十月，你的心语，秋红般飘落一地。不经意想你，已成积习。

冬月，你的温暖，让所有日子，洋溢灿烂。诗海泛舟，我流连忘返。

腊月，你的祝福，将所有凛冽挡住。佳音如故，绽放心蕊无数。

春去又冬，四季浓情。蕊儿，只为你红。

图书在版编目(CIP)数据

魅力文丛 / 卓尔主编.—阿图什：克孜勒苏柯尔克孜文出版社；乌鲁木齐：新疆电子音像出版社，2003.12 (2009 年 12 月重印)

ISBN 978-7-5374-0484-6

Ⅰ. 魅… Ⅱ. 卓… Ⅲ. 故事—作品集—中国—当代 Ⅳ.I247.8

中国版本图书馆 CIP 数据核字(2003)第 125254 号

丛书名　魅力文丛
主　编　卓　尔
本册书名　终将化蛹成蝶
作　者　郑梅玲
责任编辑　郑红梅　刘伟煜　张莉涓
书籍设计　党　红
版式制作　党　红
出　版　克孜勒苏柯尔克孜文出版社
新疆电子音像出版社
地　址　乌鲁木齐市西虹西路 36 号
邮　编　830000　电话：0991-4690475
发　行　新华书店
印　刷　三河市华晨印务有限公司
开　本　850×1168 毫米　1/32
印　张　4.5
字　数　55 千字
版　次　2009 年 12 月第 2 版
印　次　2009 年 12 月第 1 次印刷
书　号　ISBN 978-7-5374-0484-6
定　价　298.00 元(全十一册)